Histórias com dragões, príncipes e serpentes

CB077982

Histórias com dragões, príncipes e serpentes

Marcos Maffei
Organização e tradução

hedra

São Paulo_2013

Copyright © Hedra 2013
Copyright da tradução e organização © Marcos Maffei

Grafia atualizada segundo o Acordo Ortográfico da Língua Portuguesa de 1990, em vigor no Brasil desde 2009.

Edição Iuri Pereira
Capa Ronaldo Alves
Ilustrações de capa e rosto Dave Santana
Programação e diagramação em LaTeX Bruno Oliveira
Assistência editorial Bruno Oliveira
Revisão Carla Mello Moreira

Dados Internacionais de Catalogação na Publicação (CIP)
(Câmara Brasileira do Livro, SP, Brasil)

13-10082

Histórias com dragões, príncipes e serpentes. / Marcos Maffei, organização e tradução. – São Paulo: Hedra, 2013.
120 p.

ISBN 978.85.7715.325-1

1. Contos. – Literatura infantojuvenil. I.. Maffei, Marcos, Organizador.

028.5 CDD 028.5

Índices para catálogo sistemático:
1. Contos : Literatura infantojuvenil 028.5
2. Contos : Literatura juvenil028.5

Todos os direitos desta edição reservados à
EDITORA HEDRA LTDA.
Rua Fradique Coutinho, 1139 (subsolo)
05416-011 São Paulo SP Brasil
+55 11 3097 8304
editora@hedra.com.br
www.hedra.com.br

Sumário

Histórias com dragões, príncipes e serpentes

Tio James, ou o dragão púrpura

Edith Nesbit

A princesa e o menino do jardineiro estavam brincando no quintal.

— O que você vai fazer quando crescer, Princesa? — perguntou o menino do jardineiro.

— Eu gostaria de casar com você, Tom — disse a Princesa. — Você se incomodaria?

— Não — respondeu o menino do jardineiro. — Não me incomodaria muito. Eu casarei com você se você quiser; se eu tiver tempo.

Pois o menino do jardineiro pretendia, assim que crescesse, ser um general e um poeta e o primeiro-ministro e um almirante e um engenheiro civil. Enquanto isso, era o primeiro em todas as matérias da escola, e o primeiríssimo em geografia.

Quanto à Princesa Mary Ann, ela era uma menininha muito boa, e todos a amavam. Era sempre gentil e educada, mesmo com seu tio James ou outras pessoas de quem ela não gostava muito; embora não fosse muito esperta para uma princesa, sempre tentava fazer suas lições. Mesmo quando você sabe perfeitamente bem que não consegue fazer suas lições, não custa tentar, e, às vezes, por algum feliz acaso você realmente consegue fazê-las. E ela tinha de verdade um bom coração:

sempre tratava bem seus animais de estimação. Ela nunca batia em seu hipopótamo quando ele quebrava as bonecas dela dando cambalhotas, e nunca esquecia de dar comida a seus rinocerontes no pequeno viveiro deles no quintal. O elefante dela a adorava, e às vezes Mary Ann deixava sua babá bastante brava quando escondia a adorável coisinha debaixo das cobertas e o deixava dormir com sua longa tromba apoiada carinhosamente no pescoço dela, e sua cabecinha aninhada junto à real orelha direita.

Quando a Princesa se comportava a semana inteira — pois, como todas as boas crianças vivas de verdade, ela às vezes era travessa, mas nunca má —, a babá a deixava convidar seus amiguinhos para virem quarta-feira de manhã e passarem o dia todo, pois quarta-feira era o fim de semana naquele país. Então, de tarde, quando todos os pequenos duques e duquesas e marqueses e condessas tinham acabado de comer seu pudim de arroz e lavado as mãos e o rosto depois, a babá perguntava, como se já não soubesse:

— E agora, meus amores, o que vocês querem fazer esta tarde? — e a resposta era sempre a mesma:

— Ah, vamos no Jardim Zoológico dar um passeio no porquinho-da-índia e dar comida para os coelhos e ouvir o arganaz dormindo.

Então iam todos para o Jardim Zoológico, onde vinte deles ao mesmo tempo podiam ser levados para passear no porquinho-da-índia, e onde mesmo os pequenininhos podiam dar comida aos enormes coelhos se existisse por perto algum adulto gentil o suficiente para levantá-los.

Sempre havia alguma pessoa assim, porque na Rotundia todo mundo era gentil — exceto uma pessoa.

Agora que você já leu até aqui, você deve saber, claro, que o reino da Rotundia era um lugar notável; se você for uma criança atenta — e é claro que você é —, nem precisa que eu lhe conte o que era a coisa mais notável da Rotundia. Mas, no caso de você não ser uma criança atenta — e é claro que é possível que você não seja —, vou lhe dizer de uma vez por todas o que era essa coisa notável. Todos os animais eram do tamanho errado! E eis como eles ficaram assim.

Há muito, muito, muito tempo, quando nosso mundo era só terra solta e ar e fogo e água misturados de qualquer modo feito um pudim, e girava loucamente tentando fazer com que as diferentes coisas fossem parar em seus devidos lugares, um pedaço redondo de terra escapou e saiu girando por conta própria pela água, bem quando ela estava começando a tentar se espalhar toda lisa num oceano decente. E quando o grande pedaço redondo de terra saiu voando, girando e girando tanto quanto podia, encontrou um pedaço comprido de rocha sólida que escapara de outra parte da mistura pudinhenta, e essa rocha era tão dura, e estava indo tão rápido, que a ponta dela atravessou o pedaço redondo de terra e saiu do outro lado, de forma que as duas juntas ficaram parecendo um pião muito muito muito grande demais.

Receio que tudo isso seja muito chato, mas você sabe que geografia nunca é muito emocionante, e afinal, eu preciso lhe dar um pouco de informação mesmo num conto de fadas — como os caroços na geleia.

Bom, quando a rocha pontuda acertou o pedaço redondo de terra, o choque foi tão grande que fez as duas juntas sair girando pelo ar — que estava justo naquele momento indo para o seu devido lugar, como todo o resto das coisas — só que, quis o acaso, elas esqueceram para que lado estavam indo e se puseram a girar no sentido errado. Então, o Centro da Gravidade — um enorme gigante que estava administrando esse negócio todo — despertou no meio da terra e começou a resmungar.

— Depressa — ele disse. — Venham para baixo e fiquem parados, entenderam?

De modo que a rocha e o pedaço redondo de terra caíram no mar, e a ponta da rocha acertou um buraco em que cabia direitinho no fundo rochoso do mar e lá girou para o lado errado mais sete vezes e então parou quieto. E aquele pedaço redondo de terra tornou-se, depois de milhões de anos, o reino da Rotundia.

Aqui termina a aula de geografia. Agora, um pouco de história natural, para não ficarmos com a impressão de que estamos perdendo tempo. É claro que a consequência de a ilha ter girado para o lado errado foi que, quando os animais começaram a crescer na ilha, todos eles cresceram nos tamanhos errados. O porquinho-da-índia, você já sabe, era tão grande quanto nossos elefantes, e o elefante — um bichinho dos mais adoráveis — era do tamanho daqueles cachorrinhos minúsculos e absurdos que as damas às vezes carregam no colo. Os coelhos eram mais ou menos do tamanho de nossos rinocerontes, e em tudo quanto era parte selvagem da ilha eles tinham feito tocas tão grandes quanto túneis de trem. O arganaz era, claro, a maior de todas as criaturas. Não dá nem para começar a dizer quanto ele era grande. Mesmo se você pensar em elefantes não vai adiantar nada. Por sorte só havia um e estava sempre dormindo. Caso contrário, não acho que os rotundianos teriam conseguido viver com ele. Mas o fato é que construíram para ele uma casa e ele economizava a despesa de ter uma banda de metais, porque não daria para ouvir banda alguma quando o arganaz falava dormindo.

Os homens, mulheres e crianças dessa ilha maravilhosa eram do tamanho certo, porque seus ancestrais tinham chegado com o Conquistador muito depois de a ilha ter parado e os animais crescido nela.

Agora terminou a aula de história natural; se você estava prestando atenção, você sabe mais sobre a Rotundia que qualquer um lá, exceto três pessoas: o Lorde Diretor da Escola, o tio da Princesa — que era um mago e sabia de tudo sem ter de aprender — e Tom, o filho do jardineiro.

Tom aprendera mais que qualquer um na escola porque ele queria ganhar um prêmio. O prêmio oferecido pelo Lorde Diretor da Escola era uma *História da Rotundia*, numa belíssima encadernação, com o brasão real na contracapa. Mas, depois do dia em que a Princesa disse que pretendia casar com Tom, o menino do jardineiro pensou mais e decidiu que o melhor prêmio do mundo era a Princesa, e esse era o prêmio que Tom pretendia ganhar; quando você é filho de jardineiro e decide casar com uma princesa, você logo descobre que quanto mais aprender na escola, melhor.

A Princesa sempre brincava com Tom nos dias que os pequenos duques e marquesas não vinham para o chá — e quando ele disse a ela que tinha quase certeza de que ia ganhar o primeiro prêmio, ela bateu palmas e disse:

— Caro Tom, meu bom e sabido Tom, você merece todos os prêmios. E eu vou lhe dar meu elefante de estimação, e você pode ficar com ele até nos casarmos.

O elefante de estimação se chamava Fido, e o filho do jardineiro o levou no bolso do casaco. Era o mais adorável elefantinho que você já vira — com cerca de dezoito centímetros de comprimento. Mas ele era muito, muito sábio — não poderia ser mais sábio se tivesse um quilômetro de altura. Ele se instalou confortavelmente no bolso de Tom e, quando Tom punha a mão, Fido enrolava sua trombinha em torno dos dedos dele com uma terna confiança que logo fez o menino se afeiçoar muito ao seu novo bichinho. Com isso tudo, o elefante, o afeto da Princesa e a certeza de que no dia seguinte ia ganhar a *História da Rotundia*, numa belíssima encadernação, com o brasão real na contracapa, Tom mal conseguiu pregar o olho. Além do que, o cachorro ficou latindo insuportavelmente. Só havia um cachorro na Rotundia — o reino não podia arcar com mais do que um: era um chiuaua, do tipo que em outras partes do mundo mede apenas vinte e um centímetros da ponta de seu delicado focinho ao final de seu adorável rabinho, mas na Rotundia ele era maior do que eu possa realmente esperar que você acredite. Quando ele latia, seu latido era tão estrondoso que preenchia toda a noite e não deixava lugar para sono, sonho, conversa fiada ou o que quer que fosse. Ele nunca latia para coisas que aconteciam na ilha — ele tinha uma visão de mundo mais ampla do que isso, mas quando navios passavam às tontas na escuridão, tropeçando nas rochas da ponta da ilha, ele latia uma ou duas vezes, só para os navios saberem que não podiam vir brincar por ali quando bem entendessem.

Porém nessa noite em particular ele latiu, latiu e latiu — e a Princesa disse:

— Minha nossa, que coisa, gostaria que ele parasse, estou com tanto sono.

E Tom perguntou para si mesmo:

— Por que será que ele está latindo tanto? Assim que ficar claro vou lá ver.

Então, quando começou a amanhacer num bonito rosa e amarelo, Tom levantou e saiu. O tempo todo o chiuaua latia, de modo que as casas tremiam, e as telhas do palácio faziam um barulho feito o das latas de leite numa carroça em que o cavalo é brincalhão.

“Vou até o pilar”, pensou Tom, enquanto atravessava a cidade. O pilar era, claro, o topo do pedaço de rocha que atravessara a Rotundia milhões de anos antes e fizera-a girar no sentido errado. Era bem no meio da ilha e sua ponta era tão alta que, quando se estava no topo dele, dava para ver bem mais longe em volta do que do chão.

Quando Tom saiu da cidade e seguiu pelas colinas, pensou como era agradável ver os coelhos no orvalho da luminosa manhã saltitando com suas crias na entrada de suas tocas. Ele não chegou muito perto dos coelhos, claro, porque, quando um coelho daquele tamanhão brinca, nem sempre olha para onde está indo, e poderia facilmente esmagar Tom com a pata e ficar muito consternado depois. Tom era um bom menino e não gostaria de deixar nem mesmo um coelho triste. Centopeias em nosso país com frequência saem do seu caminho quando acham que você vai pisar nelas. Elas também tem bom coração e não gostariam de vê-lo consternado depois.

E assim Tom foi indo, olhando os coelhos e vendo a manhã ficar mais e mais vermelha e dourada. O chiuaua latia o tempo todo, fazendo os sinos da igreja tilintar e a chaminé da fábrica de maçãs balançar de novo.

Porém quando Tom chegou ao pilar, viu que não precisaria ir até o topo dele para descobrir o que fazia o cachorro ficar latindo.

Porque ali, perto do pilar, estava um dragão púrpura muito grande. Suas asas eram como velhos guarda-chuvas púrpuras que tinham tomado chuva demais, e sua cabeça era enorme e lisa, como a parte de cima de um cogumelo púrpura, e sua cauda, que era púrpura também, era muito, muito, muito longa, e fina e dura, como a correia do chicote de uma carruagem.

Ele estava lambendo uma de suas asas de guarda-chuva púrpura e, de vez em quando, gemia e apoiava a cabeça contra o pilar como se estivesse se sentindo fraco. Tom na hora descobriu o que acontecera. Uma revoada de dragões púrpuras deve ter passado pela ilha durante a noite e aquele ali deve ter batido e quebrado sua asa no pilar.

Todo mundo é bom com todo mundo na Rotundia e Tom não estava com medo do dragão, embora nunca tivesse falado com um. Muitas vezes observava-os voando por cima do mar, mas jamais imaginara que conheceria um pessoalmente.

De modo que ele então disse:

— Tenho a impressão de que você não está se sentindo muito bem.

O dragão balançou sua enorme cabeça púrpura. Não podia falar, mas, como todos os outros animais, entendia bem o bastante quando queria.

— Posso lhe oferecer alguma coisa? — Tom perguntou, muito polido.

O dragão abriu seus olhos púrpuras e sorriu com um ar de interrogação.

— Um ou dois bolinhos, que tal? — disse Tom, querendo convencê-lo. — Há uma bela árvore de bolinhos bem perto daqui.

O dragão abriu sua grande boca púrpura e lambeu seus lábios púrpuras, então Tom saiu correndo e chacoalhou a árvore de bolinhos, e logo voltou com um punhado de bolinhos de groselha fresquinhos, e no caminho catou também uns do tipo de Bath, que cresciam nuns arbustos perto do pilar.

Porque, claro, outra consequência de a ilha ter girado para o lado errado era que todas as coisas que nós temos de fazer — bolos, tortas, biscoitos — davam em árvores ou arbustos, mas na Rotundia é preciso fazer as couves-flores, os repolhos, as cenouras, as maçãs e as cebolas, do mesmo jeito que nossas cozinheiras fazem pudins ou tortinhas.

Tom deu todos os bolinhos ao dragão, dizendo:

— Tome, tente comer um pouco. Você logo vai se sentir melhor.

O dragão comeu os bolinhos, inclinou a cabeça em agradecimento um tanto desajeitado e se pôs a lamber sua asa de novo. Então Tom deixou-o lá e voltou para a cidade com a notícia e todo mundo ficou tão entusiasmado com um dragão de verdade vivo estar na ilha — algo que nunca acontecera — que todos foram lá vê-lo, em vez de ir à premiação, e o Lorde Diretor da Escola foi junto com o resto. Acontece que ele estava com o prêmio de Tom, a *História da Rotundia*, no bolso — aquela encadernada em couro, com o brasão real na contracapa — e o livro caiu do bolso, e o dragão o comeu, de modo que afinal Tom nunca ganhou o prêmio. Mas o dragão, que o ganhou, não gostou dele.

— Talvez seja melhor assim — conformou-se Tom. — Eu podia também não ter gostado do prêmio, se o tivesse ganhado.

Aquele dia era uma quarta-feira, de modo que, quando perguntaram aos amigos da Princesa o que eles queriam fazer, todos os pequenos duques, marqueses e condes disseram:

— Vamos lá ver o dragão.

Mas as pequenas duquesas, marquesas e condessas revelaram que estavam com medo.

Então a princesa Mary Ann elevou a voz com realeza e disse:

— Não sejam bobas, porque só em contos de fada e histórias da Inglaterra e coisas assim que as pessoas são más e querem fazer mal uma à outra. Na Rotundia todo mundo é bom, ninguém tem nada a temer, a menos que tenha aprontado, e daí é para o seu próprio bem. Vamos todos lá ver o dragão. Podíamos levar para ele umas balinhas.

E lá se foram eles. Todas as crianças com títulos de nobreza tiveram a sua vez de dar balinhas ao dragão, e ele pareceu contente e lisonjeado, e abanou sua cauda púrpura o mais que dava sem ficar inconveniente, pois era uma cauda muito, muito comprida. Mas quando chegou a vez da Princesa dar a balinha para o dragão, ele abriu um sorriso muito largo e abanou a cauda até o último centímetro dela, como se dissesse: "Oh, que princesinha simpática, gentil e bonita". Mas bem no fundo de seu malvado coração o que ele estava dizendo era "Oh, que princesinha simpática, gorda e bonita, queria mesmo era comer você em vez dessas bobas balinhas". Mas claro que ninguém o ouviu, exceto o tio da Princesa, e ele era feiticeiro e acostumado a ouvir atrás de portas. Era parte do seu ofício.

Agora, você há de lembrar que eu lhe contei que havia só uma pessoa má na Rotundia, e não dá mais para eu esconder que esse Malvado Completo era o tio James, o tio da Princesa. Magos são sempre maus, como você sabe pelos seus livros de contos de fada, e alguns tios são maus, como você pode ver em *As crianças no bosque*, e pelo menos um James era mau, como você aprendeu na história da Inglaterra. Se alguém é um mago, e é também um tio, e ainda se chama James, nada de bom pode se esperar dele. Ele é um Triplo Malvado Completo — e não vai fazer nada que preste.

Fazia tempo que o tio James queria se livrar da Princesa e ficar com todo o reino para ele. Ele não gostava de muitas coisas — praticamente a única coisa que importava para ele era um bom reino —, mas ele nunca soubera bem como conseguir o que queria, porque todo mundo é tão bom na Rotundia que feitiços malvados não funcionavam, só escorriam desses impecáveis ilhéus como água das costas de um pato. Agora, no entanto, tio James achou que poderia ser a sua chance, porque sabia que havia dois seres malvados na ilha que se apoiariam mutuamente: ele próprio e o dragão. Ele nada disse, mas trocou um sugestivo olhar com o dragão, e todo mundo foi para casa, porque era hora do chá. E ninguém vira o sugestivo olhar, a não ser Tom.

Tom foi para casa e contou tudo para seu elefante. A inteligente criaturinha ouviu, atento, e então pulou do joelho de Tom para a mesa, onde havia um calendário de mesa que a Princesa dera a Tom de presente de Natal. Com sua minúscula tromba, o elefante apontou para uma data — quinze de agosto, o aniversário da Princesa, e olhou ansioso para seu dono.

— O que foi, Fido, meu bom elefantinho? — disse Tom, e o sagaz animal repetiu o gesto anterior. Então Tom entendeu.

— Ah, alguma coisa vai acontecer no aniversário dela? Tudo bem. Ficarei atento. — E ele ficou.

No começo o povo da Rotundia estava bastante satisfeito com o dragão, que morava ali no pilar e se alimentava das árvores de bolinhos, mas logo ele começou a dar seus passeios. Ele se escondia nas tocas feitas pelos grandes coelhos e excursionistas, fazendo caminhadas nas colinas, viam sua longa e firme cauda, que parecia um chicote, sinuosamente sumindo fora de vista dentro de uma toca, e antes que eles tivessem tempo de dizer “lá vai ele”, sua horrível cabeça púrpura aparecia saindo de outro buraco de coelho — talvez bem atrás deles — ou ria baixinho para si mesmo bem detrás das orelhas deles. E a risada do dragão não era nada agradável. Essa espécie de esconde-esconde no começo divertia as pessoas, mas aos poucos começou a dar nos nervos delas: se você não sabe o que isso é, peça a sua mãe para lhe contar da próxima vez que você estiver brincando de cabra-cega quando ela estiver com dor de cabeça. Então o dragão passou a ter o hábito de estalar sua cauda, como se faz com chicotes, e isso também dava nos nervos das pessoas. E aí também certas coisas começaram a sumir e você sabe quanto isso é desagradável, mesmo numa escola particular, e num reino público é muito pior, claro. As coisas que sumiam não eram muito importantes a princípio — alguns elefantinhos, um hipopótamo ou dois, e umas poucas girafas, e coisas assim. Um dia o coelho preferido da Princesa, chamado Frederick, desapareceu, e depois veio a terrível manhã em que o chiuaua tinha sumido também. Ele ficara latindo o tempo todo desde que o dragão aparecera na ilha, e as pessoas já estavam acostumadas ao barulho. De modo que, quando os latidos subitamente pararam, todo mundo acordou e foi ver o que era. E o cachorrinho chiuaua se fora!

Mandaram um menino acordar o exército, para que ele fosse procurar o cachorro. Mas o exército tinha sumido também! Então as pessoas começaram a ficar com medo. Nesse momento, tio James saiu na sacada do palácio e fez um discurso ao povo. Ele disse:

— Amigos, meus concidadãos, não posso esconder mais nem de mim nem de vocês que esse dragão púrpura é um pobre exilado sem um tostão, um forasteiro indefeso em meio a nós e, além de um dragão, ele é um problema sem fim.

O povo pensou na cauda do dragão e aplaudiu.

O tio James continuou:

— Algo aconteceu com um gentil e inofensivo membro de nossa comunidade. Não sabemos o que foi.

Todo mundo pensou no coelho chamado Frederick e gemeu.

— As defesas de nossa pátria foram engolidas.

Todo mundo pensou no pobre exército.

— Só há uma coisa a fazer. — Tio James estava se deixando inflamar pelo assunto. — Poderemos algum dia nos perdoar se, por termos negligenciado uma simples precaução, perdermos mais coelhos? Ou mesmo, quem sabe, nossa marinha, nossa polícia, nosso corpo de bombeiros? Pois eu os advirto de que o dragão púrpura nada respeitará, nem o que há de mais sagrado.

Todo mundo pensou em si próprio — e quis saber:

— Qual é a simples precaução?

Então tio James revelou:

— Amanhã é o aniversário do dragão. Ele está acostumado a ganhar um presente em seu aniversário. Se ele ganhar um bom presente, ficará ansioso para mostrá-lo para seus amigos, partirá e nunca mais voltará.

A multidão aplaudiu entusiasmada e a Princesa bateu palmas em sua sacada.

— O presente que o dragão espera — disse o tio James, todo animado — é um tanto caro. Mas, quando se dá um presente, não pode haver má vontade, especialmente quando é para uma visita. O que o dragão quer é uma princesa. Só temos uma princesa, é verdade, mas que fique longe de nós mostrar um caráter mesquinho num momento como este. E é de nenhuma valia um presente que nada custa a quem o dá. A disposição de vocês em ficar sem sua princesa apenas mostrará quão generosos vocês são.

A multidão começou a chorar, pois todos amavam a Princesa, embora tivessem compreendido bem que seu maior dever agora era serem generosos e dar ao dragão o que ele queria.

A Princesa começou a chorar, porque não queria ser o presente de aniversário de ninguém — e muito menos de um dragão púrpura. E Tom começou a chorar, porque ficou com muita raiva.

Ele foi direto para casa e contou para seu elefantinho; o elefantinho o reconfortou e o animou tanto que logo os dois estavam muito concentrados num pião que o elefante estava fazendo girar com sua trombinha.

Na manhã seguinte, Tom foi logo cedo ao palácio. Deu uma olhada pelas colinas — quase não havia mais coelhos brincando por lá agora — e então colheu rosas brancas e foi jogá-las na janela da Princesa até ela acordar e aparecer.

— Suba e venha me beijar — ela disse.

Então Tom subiu na roseira branca e alcançando a janela beijou a Princesa, dizendo:

— Muitas felicidades pelo dia de hoje.

Mary Ann começou a chorar e disse:

— Oh, Tom, como você pode dizer isso? Quando você sabe muito bem que...

— Ih, não chore — Tom pediu. — Ora, Mary Ann, o que você acha que eu vou fazer quando o dragão receber seu presente de aniversário? Não chore, minha cara Mary Ann! Fido e eu já arranjamos tudo. Você só precisa fazer o que eu lhe disser.

— Só isso? — acalmou-se a Princesa. — Ah, isso é fácil, já fiz tanto.

Então Tom lhe contou o que era para ela fazer. E ela beijou-o várias vezes.

— Ah, meu caro, bom e esperto Tom! — ela disse. — Que bom que eu lhe dei o Fido. Vocês dois me salvaram. Adoro vocês.

Na manhã seguinte tio James pôs seu melhor paletó e seu melhor chapéu, e o manto bordado com cobras douradas — era um mago, dado, portanto, a um gosto extravagante em roupas — e chamou uma carruagem para levar a Princesa.

— Venha, meu pequeno presente de aniversário — pediu ele terno. — O dragão vai ficar tão contente. E fico feliz em ver que você não está chorando. Você sabe, minha filha, nunca se é pequena demais para aprender a pensar na felicidade dos outros antes da própria. Eu não gostaria que minha sobrinha fosse egoísta ou quisesse negar um prazer banal a um pobre dragão doente, longe de casa e de seus amigos.

A Princesa disse que tentaria não ser egoísta.

A carruagem estava chegando ao pilar, e lá estava o dragão, sua horrível cabeça púrpura brilhando no sol, e sua horrível boca púrpura meio aberta.

Tio James disse:

— Bom dia, prezado senhor. Trouxemos um presentinho para seu aniversário. Não queríamos deixar que esta data passasse sem uma homenagem, especialmente por ser o aniversário de um forasteiro em nosso meio. Temos poucas posses, mas grande coração. Só temos uma princesa, mas é com generosidade que a damos; não é, minha pequena?

A Princesa disse que supunha que sim, e o dragão chegou um pouco mais perto.

De repente uma voz gritou:

— Corra! — era Tom e ele tinha trazido do zoológico o porquinho-da-índia e duas lebres e disse: — Só para ser mais justo.

Tio James ficou furioso.

— O que o senhor pretende — berrou — se intrometendo numa cerimônia de Estado com seus coelhos ordinários e o resto? Vá embora, menininho travesso, vá brincar em outro lugar com eles.

Enquanto ele falava, os dois coelhos chegaram um de cada lado dele, seus corpos se avantajando enormes, então o espremeram entre eles dois de modo a afundá-lo no pelo grosso deles, e ele quase ficou sufocado. A Princesa, enquanto isso, tinha corrido para o outro lado do pilar e estava espiando detrás dele o que acontecia. Uma multidão havia seguido a carruagem desde a cidade e tinha chegado ao cenário da "cerimônia de Estado", e todos gritaram:

— Não é justo! Queremos jogo limpo! Não podemos voltar atrás em nossa palavra desse jeito. Dar uma coisa e depois tirá-la? Ora, isso não se faz. Deixem o pobre exilado estrangeiro ganhar seu presente de aniversário.

Eles tentaram pegar Tom, mas o porquinho-da-índia ficou no caminho.

— Sim — Tom gritou. — Jogo limpo é joia. E o seu pobre exilado vai ter a Princesa, se conseguir pegá-la. Agora, Mary Ann!

Mary Ann olhou em volta do grande pilar e gritou para o dragão:

— Buu! Você não me pega! — e começou a correr o mais rápido que podia, e o dragão no encalço dela. Quando a Princesa tinha corrido meio quilômetro, ela parou, deu a volta numa árvore e correu de volta para o pilar e, em torno dele, com o dragão atrás dela. Ele era tão comprido que não conseguia virar tão rápido quanto Mary Ann. E a Princesa deu voltas e mais voltas correndo em torno do pilar. A primeira volta foi bem longe do pilar, e as seguintes foram ficando mais e mais perto, com o dragão atrás dela o tempo todo; ele estava tão ocupado em tentar pegá-la que nem sequer notou que Tom tinha prendido na rocha do pilar a ponta da sua comprida e firme cauda que parecia um chicote, de modo que quanto mais o dragão corria em torno do pilar, mais voltas ele fazia sua cauda dar no pilar. Era exatamente igual a enrolar a corda num pião, só que o eixo do pião era o pilar e a corda era a cauda do dragão. O mago continuava preso entre as lebres e não podia ver nada a não ser escuridão, ou fazer nada a não ser sufocar.

Quando o dragão estava enrolado no pilar o máximo que dava para ele ficar — feito uma linha num carretel — a Princesa parou de correr e, embora não tivesse lhe sobrado muito fôlego, conseguiu dizer:

— Rá! Quem ganhou agora?

Isso irritou tanto o dragão que ele resolveu usar toda a sua força, e abriu suas enormes asas púrpuras, e tentou voar para pegá-la. Claro que ao fazer isso ele puxou sua cauda, e a puxou com muito força, com tanta força que a cauda ia ter de vir, e o pilar ia ter de virar junto com a cauda, e a ilha ia ter de virar junto com o pilar, e num instante a cauda estava solta, e a ilha girando em torno de si mesma exatamente igual a um pião. Ela girava tão rápido que todo mundo se jogou no chão e se segurou firme, porque sentiram que alguma coisa ia acontecer. Todo mundo, menos o mago, que estava sufocando entre as lebres, e não sentia nada a não ser pelo e raiva.

E alguma coisa realmente aconteceu. O dragão tinha feito o reino da Rotundia girar no sentido que devia ter ido no começo do mundo, enquanto ele girava, todos os animais começaram a mudar de tamanho. Os porquinhos-da-índia ficaram pequenos, e os elefantes grandes, e os homens e as mulheres e as crianças teriam mudado de tamanho também, se não tivessem tido o bom senso de se segurar, o mais firme que podiam, com as duas mãos, algo que, claro, não se poderia esperar que os animais soubessem como fazer. O melhor de tudo foi que, quando os animais pequenos ficaram grandes e os animais grandes ficaram pequenos, o dragão também ficou pequeno e caiu aos pés da Princesa: uma pequena, rastejante e púrpura lagartixa com asas.

— Que coisinha mais engraçadinha — disse a Princesa, ao vê-lo. — Vou ficar com ela de presente de aniversário.

Porém, enquanto todo mundo estava deitado no chão, segurando-se firme, tio James, o mago, jamais pensou em se segurar — tudo que ele estava pensando era em como castigar lebres e filhos de jardineiros, de modo que, quando os grandes animais ficaram pequenos, ele ficou pequeno como eles, e o pequeno dragão púrpura, quando caiu aos pés da Princesa, viu ali um maguinho muito pequeno chamado tio James. E o dragão ficou com ele, porque queria um presente de aniversário.

De modo que então todos os animais tinham novos tamanhos — e no começo parecia muito estranho para todo mundo os elefantes enormes e pesadões, e um arganaz minúsculo, mas logo se acostumaram, e pensam nisso tão pouco quanto nós.

Tudo isso aconteceu há vários anos. Outro dia vi na *Gazeta da Rotundia* uma notícia sobre o casamento da Princesa com Lorde Thomas Jardineiro, S.K.D., e sei que ela não teria casado com ninguém a não ser o Tom, de modo que suponho que o fizeram um lorde para o casamento — e S.K.D. quer dizer, naturalmente, Sagaz Conquistador do Dragão. Se você acha que está errado é só por não saber como é a ortografia na Rotundia. O jornal dizia que, entre os belos presentes do noivo para a noiva, estava um enorme elefante, no qual o casal fez o desfile do casamento. Só pode ser o Fido. Você lembra que o Tom prometeu devolvê-lo à Princesa quando casassem. A *Gazeta da Rotundia* chamou o casal de "o par feliz". Brilhante o jornal chamá-los assim — é uma expressão tão inédita e bonita, e acho que é mais verdadeira que muitas das coisas que se veem nos jornais.

Porque, veja, a Princesa e o filho do jardineiro gostavam tanto um do outro que não havia como não ficarem felizes — e, além disso, eles tem um elefante só deles para levá-los para passear. Se isso não é o suficiente para fazer alguém feliz, não sei o que é. Se bem que, é claro, conheço gente que só poderia ser feliz se tivesse uma baleia para navegar nela, e talvez nem mesmo assim. Mas é gente gananciosa e glutona, do tipo que é bem capaz de se servir quatro vezes de pudim, o que nem Tom nem Mary Ann nunca fizeram.

Os quatro irmãos habilidosos

Jacob & Wilhelm Grimm

Era uma vez um homem pobre que tinha quatro filhos. Quando cresceram, disse a eles:

— Meus queridos filhos, vocês precisam agora ir correr mundo, pois nada tenho para lhes oferecer. Viajem até outros países. Aprendam um ofício e tentem fazer o melhor que puderem.

Os quatro irmãos se prepararam então para a jornada, despediram-se do pai e partiram juntos. Depois de viajarem por algum tempo, chegaram a uma encruzilhada, donde partiam quatro estradas. O filho mais velho disse:

— Vamos nos separar agora, mas vamos combinar de nos encontrar aqui daqui a quatro anos. Durante esse tempo, cada um tentará a sua sorte.

* * *

Então cada um partiu em seu caminho. O mais velho encontrou um homem que lhe perguntou aonde ele estava indo e quais eram seus planos.

— Quero aprender um ofício — ele respondeu.

— Então venha comigo — propôs o homem — e torne-se um ladrão.

— Não — o filho mais velho respondeu. — Não é um ofício considerado honesto hoje em dia, e nele geralmente se termina pendurado na forca.

— Ah — disse o homem —, você não precisa ter medo da forca. Vou lhe ensinar como obter o que de outro modo não se consegue, e vou lhe mostrar como fazê-lo sem ser pego.

Então o filho mais velho se deixou convencer, e o homem lhe ensinou como ser um ladrão habilidoso. O jovem ficou tão bom que nada que ele quisesse ter ficava a salvo.

O segundo irmão encontrou um homem que lhe fez a mesma pergunta sobre o que ele queria aprender no mundo.

— Eu não sei — ele respondeu.

— Então venha comigo e torne-se um astrônomo. Você não vai achar nada melhor que isso, pois nunca mais algo ficará oculto de sua vista.

O segundo filho gostou da ideia e se tornou um astrônomo tão habilidoso que, quando acabou seus estudos e ia partir, seu mestre lhe deu um telescópio e disse:

— Com isto você poderá ver tudo o que acontece na Terra e no céu, e nada ficará oculto para você.

O terceiro irmão tornou-se aprendiz de um caçador, aprendeu tudo o que é preciso saber sobre a caça e revelou-se um caçador de primeira. Seu mestre lhe deu um rifle de presente quando ele ia partir e disse:

— Você não vai errar nada que mirar com esse rifle. Sempre acertará.

O irmão mais novo também encontrou um homem que lhe perguntou quais eram seus planos.

— Você gostaria de ser um alfaiate?

— Acho que não — disse o jovem. — Nunca tive a menor vontade de ficar sentado de manhã até a noite usando uma agulha ou passando o ferro para lá e para cá.

— Ora, deixe disso — respondeu o homem. — Você não sabe do que está falando. Comigo você aprenderá um tipo totalmente diverso de alfaiataria, que é respeitável e decente e poderá mesmo lhe trazer grande honra.

O jovem se deixou convencer. Seguiu com o homem e dele aprendeu todos os princípios daquele ofício. Quando ia partir, o homem lhe deu uma agulha e disse:

— Com esta agulha você será capaz de costurar tudo o que encontrar, seja algo mole como um ovo ou duro como aço. E você será capaz de fazer de qualquer coisa uma peça inteira sem que nenhuma costura apareça.

* * *

Quando os quatro anos combinados se passaram, os quatro irmãos se encontraram na encruzilhada. Abraçaram-se, beijaram-se e voltaram para a casa do pai deles.

— Ora — disse o pai encantado —, vejam só o que os bons ventos me trouxeram de volta!

Eles contaram ao pai o que tinha acontecido com eles e como cada um tinha aprendido um ofício. Estavam sentados em frente da casa sob uma grande árvore, e o pai então disse:

— Bom, agora vou pôr à prova o que vocês são capazes de fazer. — Olhou para cima e disse para o segundo filho: — Há um ninho de tentilhão entre dois galhos no alto desta árvore. Diga-me quantos ovos há nele.

O astrônomo pegou seu telescópio, apontou-o para o topo da árvore e disse:

— Cinco.

Então o pai disse para o filho mais velho:

— Vá catar os ovos sem incomodar o pássaro que os está chocando.

O ladrão habilidoso trepou na árvore e catou os cinco ovos sob o pássaro, que continuou ali chocando sem nada perceber. Trouxe os ovos para o pai, que os pegou e os pôs um em cada canto da mesa, e o quinto no meio, e disse para o caçador:

— Quero que você parta os cinco ovos pela metade com um só tiro.

O caçador mirou e atirou nos ovos exatamente como seu pai pedira. De fato, acertou os cinco com um único tiro e certamente devia ter um pouco dessa pólvora que dobra esquinas.

— Agora é a sua vez — disse o pai para o quarto filho. — Quero que você costure de novo os ovos, e também os filhotes dentro deles, de modo a consertar qulquer estrago que o tiro tenha feito a eles.

O alfaiate pegou sua agulha e costurou como seu pai pedira. Quando terminou, coube ao ladrão pôr de volta no ninho os ovos sob o pássaro sem que este nada notasse. O pássaro chocou-os até os filhotes saírem da casca. Quando eles apareceram, tinham listas vermelhas em volta do pescoço, que era onde o alfaite os havia costurado.

— Sim — disse o velho a seus filhos —, todo o elogio que eu puder lhes fazer é pouco. Vocês usaram bem o seu tempo e aprenderam algo útil. Não sei dizer qual merece os maiores elogios, mas, se vocês logo tiverem uma oportunidade de usar suas habilidades, descobriremos qual é o melhor.

* * *

Pouco depois houve uma grande comoção no país; a filha do rei havia sido raptada por um dragão. O rei se preocupava dia e noite com isso e ele mandou proclamar que aquele que resgatasse sua filha poderia se casar com ela. Os quatro irmãos discutiram juntos a situação.

— Essa pode ser a chance de mostrarmos do que somos capazes — e decidiram partir juntos para libertar a filha do rei.

— Vou encontrá-la sem demora — disse o astrônomo e olhou através de seu telescópio. — Já a estou vendo. Está sentada num rochedo no meio do mar muito longe daqui e junto dela está o dragão, vigiando-a.

Então o astrônomo foi até o rei e requisitou um navio para ele e seus irmãos. Nele navegaram até chegar ao rochedo. A filha do rei estava sentada lá, mas o dragão estava dormindo com a cabeça no colo dela.

— Não posso arriscar um tiro — disse o caçador. — Poderia também acertar a bela moça.

— Bom, então vou usar minha habilidade — disse o ladrão. Ele se esgueirou até onde a jovem estava e roubou-a do dragão tão silencioso e com agilidade que o monstro nada notou e continuou roncando.

Os irmãos se apressaram a partir felizes com ela, embarcaram e se fizeram ao mar. Ao acordar, o dragão descobriu que a filha do rei havia sumido e, bufando, furioso, voou atrás deles. Quando pairava sobre o barco, pronto para investir contra ele, o caçador mirou com seu rifle e acertou o dragão no coração. O monstro caiu morto, mas era tão imenso e pesado que despedaçou o barco inteiro em sua queda. Por sorte, aqueles que estavam a bordo conseguiram agarrar algumas tábuas e com elas flutuar no mar. De novo estavam numa situação de extremo perigo, mas o alfaiate, sempre muito alerta, pegou sua agulha maravilhosa e costurou as tábuas com alguns grandes pontos. Então sentou-se nas tábuas e juntou todos os pedaços do navio, que então costurou de uma maneira tão habilidosa que em pouco tempo o barco estava inteiro de novo e eles puderam navegar em segurança para casa.

* * *

Quando o rei viu de volta a sua filha, ficou muito contente e disse para os quatro irmãos:

— Um de vocês casará com a princesa, mas vocês precisam decidir entre vocês qual vai ser.

Uma séria dicussão começou então entre os irmãos, pois todos tinham o que reivindicar. O astrônomo disse:

— Se eu não tivesse visto a filha do rei, todas as habilidades de vocês teriam sido inúteis. É por isso que ela deve ser minha esposa.

O ladrão disse:

— Você a ter visto de nada adiantaria se eu não a tivesse roubado do dragão. É por isso que ela deve ser minha esposa.

O caçador disse:

— O monstro os teria feito em pedaços com a filha do rei se minha bala não o tivesse acertado. É por isso que ela deve ser minha esposa.

O alfaiate disse:

— E se eu não tivesse remendado o barco com minha habilidade, todos vocês teriam se afogado horrivelmente. É por isso que ela deve ser minha esposa.

Então o rei anunciou a decisão a que chegara.

— Cada um de vocês tem um motivo justo para casar com minha filha, mas como é impossível ela desposar os quatro, nenhum ficará com ela. Mas eu os recompensarei dando meio reino para cada um.

Os irmãos ficaram satisfeitos com essa decisão e disseram:

— É melhor dessa maneira do que ficarmos uns contra os outros.

Então cada um recebeu meio reino e viveram felizes com o pai deles por todo o tempo que Deus lhes concedeu.

A rã benfazeja

Marie-Catherine Le Jumel de Barneville de La Motte, Comtesse d'Aulnoy

Era uma vez um rei que estava em guerra com seus vizinhos fazia tempo. Depois de muitas batalhas, os inimigos sitiaram sua capital; ele temia por sua rainha, que estava grávida, e pediu a ela que se retirasse para um castelo que ele mandara fortificar, onde só havia estado uma vez. A rainha se valeu de súplicas e de lágrimas para convencê-lo a deixá-la ficar com ele; queria compartilhar o seu destino, e foi aos prantos que embarcou na carruagem que a levaria embora. O rei mandou alguns de seus guardas para acompanhá-la e prometeu que, assim que pudesse, iria secretamente visitá-la, mas era apenas algo para lhe dar esperança, pois o castelo ficava muito longe, era cercado por uma densa floresta e, a menos que se conhecesse o caminho muito bem, não era fácil chegar a ele.

A rainha partiu, muito triste de deixar o marido em meio aos perigos da guerra. A jornada foi feita aos poucos, para que ela não ficasse doente pela fadiga de uma viagem tão longa; enfim ela chegou ao castelo, muito inquieta e infeliz. Depois de descansar o bastante, ela quis passear nos arredores, e nada encontrou que pudesse entretê-la: olhava para todos os lados e tudo o que via eram lugares desertos que lhe davam mais tristeza que prazer. Contemplava a paisagem desolada e às vezes se dizia:

— Nem se compara o lugar onde estou aos que estive em toda a minha vida! Se eu ficar aqui muito tempo, vou acabar morrendo. Com quem conversar num lugar tão solitário? Com quem acalmar minhas inquietudes? O que fiz ao rei para ele me exilar assim? Parece que ele queria que eu sentisse toda a amargura de sua falta, relegando-me a um castelo tão desagradável.

Era assim que ela se lamentava e, embora ele escrevesse a ela todos os dias e lhe desse notícias bem favoráveis sobre o andamento da guerra, ela ficava cada vez mais aflita. Resolveu então voltar para onde estava o rei, mas como os oficiais que ele tinha mandado com ela haviam sido instruídos a não levá-la de volta enquanto não chegassem ordens expressas para isso, ela nada disse de suas intenções e fez com que lhe arranjassem um pequeno coche, dizendo que gostaria de sair para caçar de vez em quando. Ela mesmo conduziria os cavalos, acompanhada de seus cães; e assim, dona da própria carruagem, poderia partir quando quisesse. Só restava uma dificuldade: ela não conhecia os caminhos da floresta, mas se convenceu de que os deuses a levariam a um porto seguro; depois de fazer alguns pequenos sacrifícios a eles, convocou todo mundo para partir numa grande caçada; ela iria em seu coche, e cada um seguiria em diferentes direções, para não deixar aos animais selvagens nenhuma chance de escapar. E assim todos se dividiram; a jovem rainha, que acreditava que logo reveria o marido, se vestira em grande estilo; seu chapéu tinha plumas de diferentes cores, seu vestido era coberto de pedras preciosas e a beleza dela, que era incomum, a fazia parecer uma segunda Diana.

Quando estavam todos já completamente envolvidos pelos prazeres da caça, ela fez seus cavalos, usando a voz e o chicote, sair galopando a toda velocidade e acabou perdendo o controle deles; tão rápido ia a carruagem que parecia carregada pelos ventos, tão veloz que era difícil acompanhá-la com a vista. A pobre rainha então se arrependeu, tarde demais, de sua temeridade.

— O que eu pretendia? — perguntou ela. — Por que fui resolver conduzir sozinha cavalos tão selvagens e tão pouco dóceis? Ai de mim! O que vai me acontecer? Ah, se o rei souber o perigo a que me expus, o que será dele, que me ama tanto que me quis longe de sua capital para me deixar em segurança? Eis como respondi ao seu carinhoso cuidado, e o filho amado que carrego em meu ventre vai ser tanto quanto eu vítima de minha imprudência!

Suas dolorosas lamentações ecoavam pelos ares; ela invocou os deuses e pediu socorro às fadas, mas os deuses e as fadas a haviam abandonado. A carruagem descontrolada acabou virando, e ela não teve a presença de espírito de saltar dela, ficando com o pé preso entre o estribo e a roda; e não é difícil imaginar que só um milagre poderia salvá-la, depois de um acidente tão terrível.

Ela ficou caída por terra, ao pé de uma árvore, sem sentidos e com o rosto coberto de sangue. Por muito tempo permaneceu nesse estado. Quando enfim reabriu os olhos, viu perto dela uma mulher de altura gigantesca, vestida apenas com uma pele de leão, com os braços e pernas nus, os cabelos presos por uma pele seca de serpente, cuja cabeça ficava pendurada em suas costas; tinha uma clava de pedra numa mão, e nela se apoiava como uma bengala, e na outra mão uma aljava cheia de flechas. Uma figura tão extraordinária fez a rainha achar que estava morta, pois não podia crer que depois de um acidente tão terrível pudesse ainda estar viva, então disse para si mesma:

— Não fico nem um pouco surpresa que se tenha tanto medo de morrer, o que se vê no outro mundo é bem terrível.

A gigante, que a escutara, não pôde evitar rir da impressão dela de estar morta.

— Reanime-se — disse ela —, saiba que ainda está entre os vivos. Mas seu destino nem por isso será menos triste. Sou a Fada Leoa e moro aqui perto; você vai ter de vir passar o resto da sua vida comigo.

A rainha a olhou com tristeza e disse:

— Se a senhora quiser, madame Leoa, me levar até meu castelo, e dizer ao rei o que quer de resgate, tenho certeza que pelo tanto que ele me ama não recusará nem mesmo a metade de seu reino.

— Não — ela respondeu. — Já sou rica o bastante e estou entediada de viver sozinha há tanto tempo; você parece animada, talvez me divirta.

Ao terminar de dizer essas palavras, transformou-se numa leoa e carregou a rainha em suas costas, levando-a ao fundo de sua terrível caverna. Lá, ela a curou passando uma poção em seus ferimentos.

Qual não foi a surpresa e o desconsolo da rainha, ao se ver naquele pavoroso lugar! Descia-se até ele por dez mil degraus, que levavam quase que ao centro da terra; não havia nenhuma luz além da de grandes lanternas que se refletiam num lago de mercúrio. Estava repleto de monstros, cujas diferentes feições aterrorizariam uma rainha menos tímida; corujas e gralhas, alguns corvos e outras aves de mau augúrio se ouviam; à distância era possível ver uma montanha donde descia um riacho de águas morosas, feito das lágrimas que apaixonados infelizes verteram. As árvores jamais tinham folhas e frutos e a terra era coberta de espinheiros e urtigas. A comida era apropriada a um lugar tão maldito: raízes secas, castanhas e frutos secos era tudo o que havia para saciar a fome dos desafortunados que caíam nas mãos da Fada Leoa.

Assim que a rainha estava em condições de trabalhar, a Fada lhe disse que ela poderia fazer uma cabana para si mesma, porque ficaria o resto da vida ali. Ao ouvir tais palavras, a rainha não conseguiu segurar as lágrimas.

— Oh! O que eu fiz — exclamou ela — para ficar presa aqui? Se o fim de minha vida, que pressinto próximo, lhe der algum prazer, mate-me logo, que é tudo que ouso esperar de sua compaixão. Mas não me condene a passar uma vida longa e deplorável longe de meu marido.

A Leoa zombou da dor da rainha e a aconselhou a enxugar as lágrimas e tentar ser agradável, pois, se ela não se comportasse bem, faria dela a pessoa mais infeliz do mundo.

— Que posso então fazer — replicou a rainha — para comover seu coração?

— Eu adoro — disse ela — torta de mosca; quero que você encontre um modo de conseguir moscas o suficiente para me fazer uma bem grande e muito gostosa.

— Mas — observou a rainha — não vejo nenhuma mosca por aqui. E se houvesse, não é claro o bastante para capturá-las; e se eu as capturasse, jamais fiz torta alguma; de modo que você me deu uma ordem que não posso cumprir.

— Não importa — retrucou a impiedosa Leoa. — É isso o que eu quero.

A rainha nada disse; pensou que, apesar da Fada cruel, só tinha uma vida a perder, e na situação em que estava, o que podia temer? Em vez então de ir procurar moscas, ela se sentou sob um teixo e começou seus tristes lamentos.

— Qual não será sua dor, meu amado esposo, quando vier me procurar e não me encontrar! Achará que morri ou lhe fui infiel, e prefiro que você chore a perda de minha vida que a de meu amor. Talvez encontrem na floresta a carruagem despedaçada e todos os enfeites que eu pus para agradar a você; ao ver isso, você não terá mais como duvidar de minha morte, e como posso saber se não concederá a alguma outra a parte que você me havia dado de seu coração? Mas ao menos eu não ficarei sabendo, pois nunca mais retornarei ao mundo.

Ela teria continuado assim por muito tempo, se não tivesse ouvido acima dela o sombrio grasnado de um corvo. Ergueu os olhos e, com o pouco de luz que havia, viu de fato um grande corvo com uma rã no bico, pronto a devorá-la.

— Embora nada aqui me reconforte — ela disse —, nem por isso posso deixar de salvar uma pobre rã, que está numa situação tão terrível quanto a minha.

Pegou o primeiro galho que encontrou e atirou no corvo. A rã caiu, ficou por um tempo aturdida, mas logo recobrou seus sentidos de rã.

— Bela rainha — ela contou —, você é a única pessoa bondosa que encontrei neste lugar, desde que a curiosidade me trouxe aqui.

— Por qual maravilha você é capaz de falar, rãzinha — admirou-se a rainha — e quem são as outras pessoas que você encontrou aqui? Pois até agora não vi ninguém.

— Todos os monstros de que o lago está repleto — respondeu a rã — estiveram antes no mundo; uns no trono, outros com a confiança de seus soberanos, e mesmo as amantes de alguns reis, que muito sangue fizeram ser derramado; são aquelas que você vê metarmofoseadas em sanguessugas. O destino os envia para cá por algum tempo, sem que nenhum que aqui vem volte melhor ou se emende.

— Que muitos malvados juntos — refletiu a rainha — não se ajudem a se emendar, compreendo bem, mas quanto a você, comadre Rã, o que faz aqui?

— A curiosidade me fez vir — ela respondeu. — Sou meio fada, meu poder é limitado para algumas coisas, mas sem limites em outras; se a Fada Leoa me descobrisse em seus domínios, me mataria.

— Como é possível, então, sendo fada ou meio fada, que um corvo estava pronto a comê-la?

— É simples de entender — disse a Rã. — Quando estou com meu capuzinho de rosas na cabeça, tenho meus poderes e nada temo, mas infelizmente deixei-o de lado no charco e esse corvo maldito me atacou; confesso que, se não fosse você, eu não existiria mais; como eu lhe devo a vida, se eu puder fazer qualquer coisa para ajudá-la, pode pedir.

— Ai de mim, cara Rã! — disse a rainha. — A Fada malvada que me fez prisioneira quer que eu lhe faça uma torta de moscas; não há nenhuma aqui, e se houvesse, a luz não seria suficiente para capturá-las, e eu corro o risco de morrer nas mãos dela.

— Deixe comigo — assegurou-lhe a Rã. — Vou resolver.

Em seguida ela se cobriu de açúcar e chamou seis mil outras rãs suas amigas para fazer o mesmo. Foram em seguida para um lugar cheio de moscas; a fada malvada as tinha em cativeiro, só para poder usá-las para atormentar certos desafortunados. Assim que sentiram o cheiro do açúcar, escaparam apenas para se grudarem no açúcar; e as seis mil rãs voltaram aos pulos para onde estava a rainha. Nunca se fizera tamanha captura de moscas e nunca existira uma torta melhor que aquela que a rainha fez para a Fada Leoa; ela ficou muito surpresa ao recebê-la, não compreendendo como a rainha conseguiu capturá-las.

A rainha então cortou alguns ciprestes para começar a construir sua casinha, pois já tinha ficado exposta demais às intempéries do ar, que lá era venenoso. A Rã veio oferecer generosamente seus serviços e, chefiando todas as outras que a haviam ajudado com as moscas, logo construíram uma pequena cabana, a mais bonita do mundo. Mas mal a rainha se deitou nela, todos os monstros do lago, ciumentos do que ela fizera, vieram atormentá-la com a pior algazarra já ouvida. Ela se levantou toda assustada e fugiu; era o que queriam os monstros. Um dragão, outrora tirano de um dos reinos mais belos do universo, tomou posse da casinha.

A pobre rainha quis se lamentar, mas todos zombaram dela; os monstros a vaiaram, e a Fada Leoa disse que, se tivesse de ouvir mais lamentações, a rainha seria punida. Só lhe restou se calar e recorrer à Rã, que era a melhor amiga do mundo. As duas choraram juntas, pois com seu capuzinho de rosas a Rã era capaz de chorar e rir como qualquer pessoa. Então a Rã disse:

— Minha amizade por você é tão grande que mal posso esperar para a ajudar a ter uma outra cabana.

E no mesmo instante se pôs a cortar madeira, e tão expediente foi que o pequeno palácio rústico da rainha ficou pronto a tempo de ela já passar aquela mesma noite nele. A Rã, atenciosa a tudo que era necessário à rainha, fez para ela uma cama perfumada com tomilho selvagem.

Assim que a fada malvada ficou sabendo que a rainha não mais dormia no chão, mandou chamá-la e perguntou:

— Quem são os homens ou deuses que a protegem? Esta terra, sempre sofrendo com chuvas de enxofre e fogo, jamais produziu uma folha que fosse e, apesar disso, ouvi dizer que ervas perfumadas crescem a sua volta!

— Ignoro a causa — respondeu a rainha. — Se há alguma razão, só pode ser a criança que carrego, que será menos infeliz que eu.

— Tenho vontade — disse a Fada — de ter um buquê com as flores mais raras; veja se sua sorte consegue providenciá-las. Porque, senão, providenciarei muitos golpes para você, e nisso sou maravilhosa.

A rainha se pôs a chorar; as ameaças a assustaram, e a impossibilidade de conseguir as flores deixou-a desesperada. Ela voltou para sua casinha e a Rã veio ter com ela.

— Por que você está tão triste? — quis saber.

— Ai, cara comadre, quem não estaria? A Fada quer um buquê das mais belas flores; onde vou achá-las? Você sabe como são poucas as que nascem aqui e, no entanto, minha vida corre perigo se eu não a contentar.

— Amável princesa — começou a Rã —, é preciso tratar de tirá-la dessa situação. Há aqui um morcego, que é uma das poucas criaturas deste lugar com quem me dou. É uma boa criatura, e é mais rápido que eu. Darei a ele meu capuz de rosas e, com a ajuda dele, ele conseguirá trazer as flores.

A rainha fez a ela uma mesura em agradecimento, pois não havia meio de abraçar a pequena Rã.

Sem demora a Rã foi atrás do morcego; poucas horas depois ele voltou, trazendo sob as asas flores admiráveis. A rainha as levou para a Fada, que ficou ainda mais surpresa que da outra vez, não fazendo ideia por qual milagre a rainha se saíra tão bem.

Mas o que a rainha mais queria, e pensava sem cessar, era algum meio de escapar dali. Ela comunicou essa sua vontade à Rã, que disse:

— Rainha, permita-me antes de mais nada consultar o meu capuz, então agiremos seguindo seus conselhos.

Ela o pegou, o pôs sobre palha e, na frente dele, fez um fogo onde jogou zimbro, alcaparras e ervilhas, depois coaxou cinco vezes. Terminada a cerimônia, pôs na cabeça o capuz e começou a falar como um oráculo:

— O destino, mestre de tudo, a proíbe de sair deste lugar; você terá uma princesa mais bela que a deusa do amor; quanto ao resto, não adianta se preocupar, só o tempo trará resposta.

A rainha baixou os olhos e verteu algumas lágrimas, mas decidiu crer em sua amiga.

— Ao menos — ela disse — não me abandone; acompanhe meu parto, já que ele terá de ser aqui.

A Rã a consolou o melhor que pôde.

Mas já é tempo de falar do rei. Enquanto seus inimigos sitiavam sua capital, ele não podia enviar mensageiros para buscar a rainha, mas, depois de várias incursões de seu exército, obrigou os inimigos a se retirar, e a felicidade dessa ocasião ele sentiu bem menos para si mesmo do que para sua querida rainha, pois agora ele poderia ir buscá-la sem medo. Ele não sabia do desastre, pois nenhum de seus oficiais teve a coragem de ir avisá-lo. Haviam encontrado a carruagem da rainha despedaçada, os cavalos haviam fugido e espalhado pelo chão viram o uniforme de amazona que ela vestira para ir encontrá-lo.

Como não duvidavam da morte dela, e acreditavam que havia sido devorada, resolveram dizer ao rei que ela morrera subitamente. Essa notícia funesta fez o rei achar que morreria também de dor; cabelos arrancados, lágrimas vertidas, gritos comoventes, soluços, suspiros, e outros direitos dos viúvos, nada foi poupado na ocasião.

Depois de passar vários dias sem ver ninguém, e sem querer que o vissem, ele voltou para sua grande cidade, carregando o peso de seu enorme luto, que lhe caía melhor no coração do que nas roupas. Todos os embaixadores dos reinos vizinhos vieram lhe dar os pêsames e, depois das cerimônias que são inseparáveis dessa espécie de catástrofe, ele se dedicou à paz de seus súditos, livrando-os da guerra e fomentando o comércio.

A rainha não soube nada disso; a hora de dar à luz chegou, e foi muito feliz; os céus a presentearam com uma pequena princesa, tão bela quanto a Rã previra; elas a chamaram Moufette, e a rainha obteve permissão da Fada Leoa para a criar, com grande dificuldade, pois a Fada teve muita vontade de devorar a bebê, tanto era feroz e bárbara.

Moufette, uma pequena maravilha, logo fez seis meses e a rainha, olhando-a com uma ternura misturada com piedade, dizia sem parar:

— Ah! Se o rei seu pai a visse, minha pobre pequena, que alegria ele teria, como você seria querida! Mas talvez, nesse mesmo momento, ele já tenha começado a me esquecer, ele nos crê para sempre sepultadas no horror da morte; talvez uma outra já ocupe o meu lugar em seu coração.

Esses pensamentos tristes lhe custavam muitas lágrimas e a Rã, que a amava de verdade, disse um dia, ao vê-la chorar assim:

— Se você quiser, vou procurar seu marido; a viagem é longa e eu caminho lentamente, mas, enfim, mais cedo ou mais tarde, espero chegar lá.

Essa proposta foi recebida com imensa alegria pela rainha; ela juntou suas mãos e as mãozinhas de Moufette, para mostrar à Rã quanto ficaria agradecida por ela fazer tal viagem; e assegurou-lhe que o rei também lhe ficaria muito grato.

— Mas — continuou — qual será a utilidade de ele saber que estou neste lúgubre lugar? Será impossível ele me tirar daqui.

— Deixemos isso aos deuses — disse a Rã — e por nossa parte façamos o que só depende de nós.

Logo elas se despediram; a rainha escreveu com o próprio sangue num lenço, pois não tinha nem tinta nem papel; pedia ao rei para acreditar em tudo que a virtuosa Rã dissesse, pois era ela a encarregada de lhe levar as notícias.

A Rã demorou um ano e quatro dias só para subir os dez mil degraus que separavam aquele lúgubre lugar, onde deixara a rainha, do mundo. Outro ano ela demorou para preparar sua comitiva, pois não queria se apresentar numa grande corte como uma feiosa rã dos pântanos. Providenciou uma liteira grande o bastante para caber dois ovos, toda revestida de casco de tartaruga, e puxada por jovens lagartos; cinquenta pererecas eram suas damas de honra; ratos-d'água, vestidos de pajem, abriam o cortejo, seguidos dos caracóis a quem ela confiara sua guarda; enfim, nada mais lindo se vira, coroada pelo capuzinho de rosas, bem abertas e frescas. Era um pouco vaidosa, tanto que até pôs um pouco de ruge; houve até quem dissesse que ela exagerara na maquiagem, como costumam fazer as damas desse país, mas era intriga de suas inimigas.

A viagem demorou sete anos, durante os quais a pobre rainha sofreu indescritivelmente; se não tivesse a bela Moufette para reconfortá-la, teria morrido cem vezes. Era só essa maravilhosa criaturinha abrir a boca e dizer qualquer palavra para deixar sua mãe completamente encantada; até mesmo a Fada Leoa a pequena cativou com seu charme. Tanto que, após seis anos, a Fada quis que mãe e filha a acompanhassem nas caçadas, desde que o que elas caçassem ficasse com a Leoa.

Foi uma alegria para a pobre rainha rever o sol! Ela ficara tão desacostumada a ele que teve medo de ficar cega. Quanto a Moufette, era tão esperta que aos cinco ou seis anos nada escapava de suas flechas; e assim mãe e filha amansaram um pouco a ferocidade da Fada.

A Rã enquanto isso caminhava por montes e vales, dia e noite, e enfim chegou perto da capital onde morava o rei. Ficou muito surpresa ao ver por toda parte gente dançando e festejando; todos riam e cantavam, quanto mais se aproximava da capital, maiores eram a alegria e o júbilo. Sua comitiva dos pântanos surpreendia todo mundo, e todos a seguiam; a multidão atrás dela era tão grande ao entrar na vila que teve dificuldade de chegar ao palácio. E era lá que a magnificência chegava ao auge. O rei, viúvo havia nove anos, tinha enfim resolvido atender às súplicas de seus súditos; ia se casar de novo, com uma princesa na verdade não tão bela quanto sua primeira esposa e da qual ele gostava bastante.

A boa Rã desceu de sua liteira e entrou no palácio, seguida de toda sua comitiva. Ela nem teve de pedir uma audiência; o monarca, sua noiva e todos os príncipes estavam muito curiosos para saber o que fizera vir ao palácio tão singular comitiva.

— Majestade — ela começou —, não sei se a notícia que trago lhe dará alegria ou tristeza; as bodas que está por celebrar me convencem de sua infidelidade à rainha.

— A lembrança dela me é muito querida — disse o rei (vertendo algumas lágrimas que não conseguiu segurar). — Mas é preciso que você saiba, gentil rã, que os reis nem sempre fazem o que querem. Faz nove anos que meus súditos me pressionam para que eu case de novo; devo a eles herdeiros.

Foi assim que conheci essa princesa que me pareceu muito encantadora.

— Eu o aconselho a não se casar com ela, pois a poligamia é crime; a rainha não está morta. Eis aqui uma carta escrita com o próprio sangue dela e que ela me encarregou de lhe entregar. Vossa Majestade tem agora uma princesa, Moufette, que é mais bela que todos os céus juntos.

O rei pegou o lenço onde a rainha havia escrito algumas palavras, beijou-o, enxarcou-o com suas lágrimas e o mostrou a todos, dizendo que reconhecia a letra de sua esposa, e fez mil perguntas à Rã, que as respondeu com muito espírito e vivacidade. A princesa noiva, e os embaixadores, encarregados de acompanhar a celebração de seu casamento, fizeram cara feia.

— Como Vossa Majestade — disse o mais importante deles —, com base apenas nas palavras de um sapinho como esse, pode romper um compromisso tão solene? Essa escória dos pântanos tem a insolência de vir mentir em vossa corte e tem o prazer de se ver sendo ouvida?

— Senhor embaixador — retrucou a Rã —, saiba que eu não sou escória alguma dos pântanos e, uma vez que é preciso mostrar minha ciência, avante, fadas, apareçam.

Todas as pererecas, ratos, caracóis e lagartos apareceram com ela à frente, mas não mais tinham a aparência desses animaizinhos, eram agora altos e de porte majestoso, com as faces bonitas, os olhos mais brilhantes que as estrelas, cada um portando uma coroa de pedras preciosas na cabeça, e sobre os ombros mantos reais de veludo muito compridos, cujas pontas eram levadas por anões. Ao mesmo tempo, eis que trompetes, tímpanos, oboés e tambores se fizeram soar nos ares, melífluos e guerreiros, e todas as fadas começaram um balé dançado com tanta leveza que a cada reviravolta se elevavam até os arcos do salão. O rei e sua futura esposa ficaram um mais surpreso que o outro, ainda mais quando aqueles honrados bailarinos se metamorfosearam em flores, nem por isso menos dançantes do que quando tinham pernas e pés; jasmins, junquilhos, violetas, cravos e angélicas bailavam animadamente, em movimentos que encantavam tanto a vista como o olfato.

Um instante depois, as flores desapareceram e em seus lugares várias fontes surgiram; elevaram-se rapidamente, e a água caiu de volta num largo canal que se formou ao longo do castelo; estava repleto de pequenas galeras coloridas e douradas, tão bonitas e galantes que a princesa insistiu que seus embaixadores a acompanhassem num passeio numa delas. E eles consentiram, achando que tudo aquilo não passava de um entrenimento que se concluiria com a feliz celebração das bodas.

Assim que eles embarcaram, a galera, o rio e todas as fontes desapareceram, e as rãs voltaram a ser rãs. O rei perguntou onde estava sua princesa e a Rã retrucou:

— Vossa Majestade não deve ter outra rainha; se elas não fossem minhas amigas, não teria me intrometido em seu casamento; ela, porém, tem tanto mérito, e sua filha Moufette é tão adorável, que Vossa Majestade não devia perder nem mais um momento e partir para libertá-las.

— Eu lhe digo, senhora Rã, que, se eu não achasse que minha mulher está morta, faria qualquer coisa no mundo para revê-la.

— Depois de todas as maravilhas que fiz aqui — disse ela —, parece-me que Vossa Majestade já devia estar convencido do que lhe digo; deixe seu reino em boas mãos e não demore a partir. Eis um anel que lhe dará os meios de ver a rainha, e de falar com a Fada Leoa, embora ela seja a criatura mais terrível que há no mundo.

O rei não vendo mais a princesa que lhe estava destinada, sentiu que sua paixão por ela rápido se arrefecia, ao mesmo tempo que a que tinha pela rainha ganhava novas forças.

Ele partiu sem querer a companhia de ninguém e deu presentes consideráveis à Rã.

— Não perca jamais a coragem — ela a animou. — São terríveis as dificuldades que terá de enfrentar, mas espero que consiga o que deseja.

O rei, reconfortado por essas promessas, não quis nenhum outro guia que o anel para ir procurar sua rainha.

Enquanto isso, Moufette crescia, e sua beleza se aperfeiçoava tanto que todos os monstros do lago de mercúrio se apaixonaram por ela; não era incomum dragões de uma aparência lamentável virem se estender junto a ela. Embora ela sempre os tivesse visto, seus belos olhos jamais se acostumavam a eles, e ela fugia e se escondia entre os braços de sua mãe.

— Ainda ficaremos muito tempo aqui? — perguntava. — Nossos infortúnios nunca mais vão acabar?

A rainha lhe dava grandes esperanças para reconfortá-la, mas no fundo ela mesma não tinha nenhuma; a ausência da Rã, seu profundo silêncio, tanto tempo tendo se passado sem ter notícia alguma do rei, tudo isso a afligia demais.

A Fada Leoa acabara se acostumando a levá-las para caçar; ela era gulosa, e adorava as presas que mãe e filha conseguiam matar para ela. Como recompensa, dava apenas os pés ou a cabeça, mas, mesmo assim, já era muito poderem rever a luz do dia. A Fada assumia a figura de uma leoa; e a rainha e sua filha se sentavam em suas costas, e assim percorriam as florestas.

O rei, conduzido pelo anel, chegou à floresta e as viu passar como um raio. Não foi visto, e quis segui-las, mas estavam, porém, tão rápido que logo desapareceram de vista. Apesar dos contínuos tormentos da rainha, sua beleza em nada se alterara; ela pareceu ao rei mais adorável que nunca. Toda sua paixão se reacendeu; e não tendo a menor dúvida de que a jovem princesa que estava com ela era sua querida Moufette, decidiu que, mesmo se tivesse de perecer mil vezes, jamais abandonaria a missão de salvá-las.

O prestativo anel o conduziu ao lúgubre lugar onde a rainha ficara por tantos anos; ele não ficou pouco surpreso de ter de descer tão fundo na terra, mas o que viu lá o deixou ainda mais atônito. A Fada Leoa, que tudo sabia, não tinha dúvida do dia e da hora em que ele ia chegar e estava decidida a combatê-lo com todo o seu poder.

Ela construiu no meio do lago de mercúrio um palácio de cristal, que vagava ao sabor das ondas; nele, encarcerou a pobre rainha e sua filha, em seguida advertiu os monstros que estavam todos apaixonados por Moufette:

— Vocês perderão essa bela princesa se não se aliarem a mim para defendê-la de um cavaleiro que está vindo raptá-la.

Os monstros prometeram fazer tudo que podiam; cercaram o palácio de cristal; os mais leves se puseram sobre o teto e nas paredes; os outros nas portas e o resto no lago.

O rei, aconselhado pelo fiel anel, foi primeiro até a caverna da Fada; ela o esperava na forma de leoa. Assim que ele apareceu, ela saltou na direção dele; ele desembainhou a espada com uma coragem que ela não previra; como ela esticara a pata para derrubá-lo, ele a cortou bem na articulação. Ela deu um grito enorme e caiu; ele se aproximou e pôs o pé na garganta dela, jurando matá-la; apesar da terrível fúria dele, ela não se deixou intimidar.

— O que você quer de mim? — perguntou ela.

— Quero puni-la por ter raptado minha mulher — respondeu ele bravamente — e quero que você a devolva para mim, ou a estrangularei agora mesmo!

— Dê uma olhada no lago — ela disse — e veja que ela não está em meu poder.

O rei olhou na direção que ela indicou e viu a rainha e sua filha no palácio de cristal, vagando à deriva no lago de mercúrio.

Ele achou que ia morrer de alegria e de dor: chamou-as com toda força e elas o ouviram, mas como alcançá-las? Enquanto ele pensava nisso, a Fada Leoa desapareceu.

O rei corria ao longo das margens do lago; quando estava de um lado pronto a alcançar o palácio transparente, ele se afastava numa velocidade tremenda; e suas esperanças davam assim toda vez em nada. A rainha, que temia que ele acabasse desistindo, gritava-lhe para não perder a coragem, que a Fada Leoa queria apenas cansá-lo, mas que um verdadeiro amor supera todas as dificuldades. E lá de dentro ela e Moufette estendiam-lhe as mãos, em atitude de súplica. Ao ver isso, o rei se sentiu tomado por novas forças, elevou a voz, e jurou pelo Estige e pelo Aqueronte que preferia passar o resto da vida naquele lugar infeliz a partir sem elas.

Era preciso que ele tivesse grande perseverança; passou por maus bocados. A terra, cheia de espinhos, era sua cama; tudo o que comia eram frutos selvagens mais amargos que fel, e toda hora tinha de entrar em combate com os monstros do lago. Um marido que se comporta assim para recuperar sua mulher é sem dúvida do tempo das fadas, e como ele agiu diz bem a época de meu conto.

Três anos se passaram sem que o rei fizesse algum progresso; estava já quase desesperado; cem vezes tomou a resolução de se jogar no lago; e o teria feito, se visse nesse último gesto algum remédio contra o sofrimento da rainha e de sua filha. Estava ele a correr como sempre, uma hora para um lado do lago, outra hora para outro, quando um pavoroso dragão o chamou e disse:

— Se você jurar pela sua coroa, seu cetro e seu manto real, por sua esposa e sua filha, que me dará certa guloseima que muito aprecio, e que pedirei quando tiver vontade, vou levá-lo sobre minhas asas e, apesar de todos os monstros do lago que guardam o castelo de cristal, prometo que conseguiremos tirar de lá a rainha e a princesa Moufette.

— Ah! Caro dragão — exclamou o rei — juro a você e a toda a sua espécie dragoniana que eu lhe darei o que quiser comer até se saciar e serei para sempre seu servo e criado.

— Não prometa nada — retrucou o dragão — se não for capaz de manter sua palavra, pois tamanhos tormentos lhe ocorerrão que você se lembrará pelo resto da vida.

O rei reiterou sua promessa, morria de impaciência de libertar sua amada rainha. Montou então sobre as costas do dragão, como teria feito se fosse o mais belo cavalo do mundo; quando os monstros vinham para impedir a passagem deles, acabavam brigando entre eles mesmos, e só se ouvia o silvo agudo das serpentes, e só se via fogo, e enxofre e salitre se espalhavam por todos os lados. Enfim chegaram ao castelo de cristal e tiveram de renovar seus esforços: os morcegos, abutres e corvos o impediam de entrar, mas o dragão com suas garras, seus dentes e sua cauda, despedaçava os mais ousados. A rainha, por seu lado, vendo aquele enorme combate, quebrou as paredes de cristal com chutes e dos pedaços se serviu como armas para ajudar seu esposo; eles enfim obtiveram a vitória, e se reuniram, e o encantamento se esvaiu como o trovão de um raio caindo no lago, que o deixou silencioso.

O dragão desaparecera como todo o resto e, sem que o rei pudesse descobrir como, havia sido transportado de volta à sua capital, e com ele estavam a rainha e Moufette, num salão magnífico, sentados a uma mesa deliciosamente bem servida. Jamais se vira espanto semelhante ao deles, nem alegria maior. Todos os súditos acorreram para ver sua rainha e a jovem princesa, ambas, por algum prodígio, tão soberbamente vestidas que eram ofuscantes as pedras preciosas de seus trajes.

Não é difícil imaginar todos os festejos a que se dedicou essa corte rejubilante. Havia mascaradas, bailados, gincanas e torneios que atraíram a presença dos príncipes mais importantes do mundo e os belos olhos de Moufette se detiam em todos. Entre os mais bonitos e distintos, era o príncipe Moufy quem mais se destacava; todos o elogiavam e admiravam e a jovem Moufette, que até então só vivera com as serpentes e dragões do lago, logo se rendeu a seus encantos; e nenhum dia se passava sem que ele não fizesse a ela novos galanteios, pois a amava apaixonadamente; em audiência para declarar suas intenções, informou ao rei e à rainha que seu principado era tão belo e tão grande que merecia particular atenção. O rei disse que cabia a Moufette escolher o marido dela e que ele não faria nenhuma pressão, que atenderia à vontade dela, e que era o único meio de serem todos felizes. O príncipe ficou encantado com essa resposta, pois sabia das vezes que se encontraram que ela não lhe era indiferente; quando ele se declarou a ela, ela disse que, se não fosse ele o seu marido, não ia querer nenhum outro. Moufy, jubilante de alegria, ajoelhou-se aos pés dela, e da maneira mais terna, pediu que ela jamais se esquecesse da palavra que lhe dera.

Ele foi direto aos aposentos do rei e da rainha e lhes contou dos progressos de seu amor por Moufette, e suplicou que não fizessem sua felicidade demorar. Eles deram seu consetimento com prazer; o príncipe tinha tantas qualidades que parecia ser o único digno de ter a mão da maravilhosa Moufette. Eles então ficaram noivos, antes que o príncipe retornasse à sua terra natal, onde providenciaria os preparativos para o casamento, mas jamais teria partido sem se assegurar de que seria feliz ao retornar. A princesa não conseguiu se despedir dele sem verter muitas lágrimas, pois sombrios pressentimentos a afligiam; a rainha, vendo o sofrimento do príncipe, deu-lhe um retrato da filha e pediu a ele, pelo amor deles todos, que não se preocupasse com preparativos muito magníficos, para demorar o menos possível para voltar, ao que respondeu:

— Jamais terei tanto prazer em lhe obedecer como nesta ocasião; meu coração está muito envolvido para que seja negligente com aquilo que me fará feliz.

Ele partiu em seguida e a princesa Moufette ficou aguardando seu retorno ocupando-se com a música e os instrumentos que aprendera a tocar naqueles últimos meses, e nos quais se saía maravilhosamente. Um dia que ela estava tocando no quarto da rainha, o rei entrou com o rosto coberto de lágrimas e abraçou sua filha.

— Ah, minha filha! — exclamou. — Ah, pai desafortunado que sou! Ah, que rei infeliz!

Ele não conseguiu dizer mais nada: os soluços entrecortaram sua voz. A rainha e a princesa atônitas lhe perguntaram qual era o problema dele; ele enfim disse que acabara de chegar um gigante de uma altura desmesurada, que se dizia embaixador do dragão do lago, o qual exigia o cumprimento da promessa que o rei tinha feito em troca de sua ajuda para combater e vencer os monstros, e queria que ele entregasse a princesa Moufette, com a qual o dragão pretendia rechear uma torta.

A rainha, ao ouvir essa triste notícia, se desfez em pranto e abraçou a filha.

— Prefiro perder a vida — ela disse — a entregar minha filha a esse monstro! Que ele tome nosso reino e tudo o que possuímos! Pai desnaturado, como pode concordar com tamanha barbárie? O quê, minha filha numa torta?!? Não quero nem pensar nisso; tragam-me esse embaixador bárbaro; talvez minha aflição o comova.

O rei nada respondeu; foi ter com o gigante e em seguida o levou até a rainha, que se atirou a seus pés com sua filha implorando que tivesse piedade delas e convencesse o dragão a ficar com tudo que eles tinham, e salvasse a vida de Moufette. Mas ele respondeu que não dependia dele, que o dragão era muito teimoso e guloso, que quando ele metia na cabeça de comer qualquer coisa, nem todos os deuses juntos conseguiriam lhe tirar a vontade, e que lhes aconselhava a obedecer-lhe de bom grado, porque infortúnios ainda piores poderiam acontecer. Ao ouvir essas palavras a rainha desmaiou e a princesa teria feito o mesmo, se não tivesse de amparar sua mãe.

Mal essa triste notícia se espalhou no palácio e toda cidade já sabia. Só se ouviam choro e lamentação, pois Moufette era adorada. O rei não conseguia decidir se entregaria a filha; e o gigante, que já esperara vários dias, começava a perder a paciência e a proferir ameaças terríveis. Enquanto isso a rainha e o rei se diziam:

— O que de pior ainda pode nos acontecer? Nem mesmo se o dragão do lago vier nos devorar a todos ficaremos pior, pois estaremos perdidos se entregarmos nossa Moufette.

Foi então que o gigante teve notícias de seu senhor: se a princesa aceitasse se casar com um sobrinho dele, o dragão consentiria em deixá-la viver, e que, de resto, esse sobrinho era bonito e distinto, e um príncipe, e a princesa poderia viver muito contente com ele.

Essa proposta abrandou um pouco o sofrimento das majestades; a rainha foi falar com a princesa, mas descobriu que esse casamento era para ela uma possibilidade mais remota que a morte.

— Não serei de forma alguma capaz — disse ela — de conservar minha vida sendo infiel; vocês me prometeram ao príncipe Moufy, e eu não serei de nenhum outro. Deixem-me morrer; o fim de minha vida trará paz à de vocês.

O rei veio e disse a sua filha tudo que a ternura mais intensa pode suscitar, mas ela se manteve firme em sua resolução. Em conclusão, foi resolvido que ela seria conduzida ao topo de uma montanha onde o dragão do lago viria buscá-la.

Fizeram-se os preparativos para este triste sacrifício: nem mesmo os de Ifigênia e os de Psiquê foram tão lúgubres; só se viam roupas de luto e rostos pálidos e consternados. Quatrocentas jovens da maior qualidade se vestiram de túnicas brancas e se coroaram com ramos de cipreste para acompanhá-la, carregaram-na numa liteira aberta de veludo negro, para que todos vissem essa maravilha dos deuses; seus cabelos estavam soltos sobre os ombros, e ela usava uma coroa feita de jasmins, com alguns cravos no meio. Só o que parecia comovê-la era a dor do rei e da rainha, que a seguiam na mais profunda tristeza; o gigante, armado dos pés à cabeça, ia do lado da liteira onde estava a princesa; como a olhava com um ar guloso, devia ter assegurada sua parte no repasto; ressoavam no ar os suspiros e os soluços, e o caminho estava inundado de lágrimas.

— Ah, Rã! — exclamou a rainha —, você me abandonou! Ai, por que você me ajudou naquele lugar sombrio, se agora nada faz? Preferia ter morrido lá! Não posso ver todas as minhas esperanças perdidas! Não posso ver Moufette ser devorada!

Enquanto ela assim se remoía, o cortejo continuava a avançar, embora lentamente; enfim chegou ao topo da montanha fatal. Lá, o choro e as lamentações se redobraram com tal intensidade que jamais se vira cena tão triste; o gigante exortou todos a fazer suas despedidas e se retirar. Era só o que havia a fazer.

O rei e a rainha se afastaram e subiram outra montanha com toda a corte, pois de lá poderiam ver o que aconteceria com a princesa. Logo eles puderam perceber no céu um dragão que tinha meia légua de comprimento e que mal conseguia voar mesmo tendo seis asas, tamanho era o peso de seu corpo, todo coberto de grossas escamas azuis e de espinhos envenenados; sua cauda dava cinquenta voltas e meia, cada uma de suas garras era do tamanho de um moinho de vento, e se viam em sua boca escancarada três fileiras de dentes tão grandes quanto os de um elefante.

Enquanto ele aos poucos se aproximava, a leal Rã, montada num gavião, voava rapidamente até o príncipe Moufy. Ela estava com seu capuz de rosas e, embora ele estivesse trancado em seu gabinete, ela entrou sem precisar de chave.

— O que está fazendo aqui, enamorado infeliz? — ela lhe perguntou. — Fica sonhando com as belezas de Moufette, quando ela está exposta à pior das catástrofes? Eis uma folha de roseira; soprando nela, farei para você um cavalo singular, você vai ver.

Imediatamente um cavalo verde apareceu; tinha doze patas e três cabeças; uma lançava fogo, a outra bombas, e a terceira balas de canhão. Ela lhe deu então uma espada que media um metro, mas era mais leve que uma pena, e o revestiu de um único diamante, o qual o envolveu como uma roupa e, embora fosse mais duro que rocha, era tão maleável que em nada o incomodava.

— Parta — ela disse. — Corra, voe em defesa daquela que você ama; o cavalo verde que lhe dei o levará até onde ela está; quando a tiver salvado, diga a ela como o auxiliei.

— Generosa fada — exclamou o príncipe —, não posso no momento demonstrar toda minha gratidão, mas me declaro para sempre seu servo mais fiel.

Ele montou no cavalo de três cabeças, que imediatamente se pôs a galopar com suas doze patas e era mais rápido que três dos melhores cavalos juntos, de modo que ele não tardou a chegar ao topo da montanha, onde viu sua amada princesa completamente sozinha e o pavoroso dragão se aproximando devagar. O cavalo se pôs a lançar chamas, bombas e balas de canhão, o que foi não pouca surpresa para o monstro: recebeu vinte golpes desses projéteis em sua garganta, descamando-a um pouco, e as bombas perfuraram um de seus olhos. Ele ficou furioso e quis atacar o príncipe, mas a espada era tão boa de manejar que o príncipe fazia o que queria com ela, enfiando aqui e ali, ou se servindo dela como um chicote. As garras do dragão teriam sido fatais para o príncipe, não fosse a roupa de diamante impenetrável.

Moufette havia reconhecido o príncipe de longe, pois o diamante que o cobria era muito brilhante e transparente, e a apreensão em que ela ficou foi a mais profunda de que é capaz uma jovem apaixonada, mas o rei e a rainha começaram a sentir em seus corações alguns raios de esperança, pois era muito extraordinária a visão de um cavalo de três cabeças e doze patas que lançava fogo e balas e de um príncipe dentro de um diamante armado com uma formidável espada chegando no momento mais necessário e combatendo com tanto valor. O rei pôs seu chapéu na bengala, a rainha seu lenço na ponta de um bastão, para acenar ao príncipe e o encorajar. Todo o séquito deles fez a mesma coisa. Na verdade, ele nem precisava, só o seu coração e o perigo em que estava sua amada bastavam para lhe dar toda a coragem do mundo.

Como ele teve de se esforçar! A terra estava coberta com os espinhos, garras, chifres, asas e escamas do dragão; seu sangue escorria de mil lugares; era todo azul, e como o do cavalo era verde, produziu-se um matiz singular no solo. O príncipe caiu cinco vezes e se levantou todas elas, tratando de montar de novo em seu cavalo, e então era fogo e disparos de canhões como jamais se vira igual. Enfim o dragão perdeu suas forças e caiu, e o príncipe lhe deu um golpe no ventre que lhe fez uma tremenda ferida, mas — o que não vai ser fácil acreditar e no entanto é tão verdadeiro quanto o resto deste conto — dessa ferida o que saiu foi o príncipe mais bonito e mais encantador que jamais se vira, vestido de veludo azul com bordados de ouro e pérolas, e com um elmo à moda grega com plumas brancas. Ele correu com os braços abertos para abraçar o príncipe Moufy.

— Meu generoso libertador, o que eu não lhe devo! — exclamou ele. — Você acaba de me libertar da mais terrível prisão em que algum soberano já se viu encarcerado! Fui a ela condenado pela Fada Leoa e fazia dezesseis anos que eu padecia assim! E seu poder era tal que, mesmo contra a minha vontade, ela me forçava a devorar aquela bela princesa; leve-me até ela, para que eu possa explicar meu infortúnio.

O príncipe Moufy, surpreso e encantado com uma aventura assim tão surpreendente, quis se mostrar não menos gentil que aquele príncipe, e os dois se apressaram a se reunir à bela Moufette, que, de sua parte, agradecia mil vezes aos deuses por uma felicidade tão inesperada. O rei, a rainha e toda a corte já haviam se juntado a ela, e todo mundo falava ao mesmo tempo, ninguém se entendia, e se chorava quase tanto de alegria quanto se havia chorado de tristeza. E enfim, para não faltar nada à festa, a bondosa Rã apareceu dos ares, montada num gavião com guisos nos pés. Ao ouvirem o tilintar, todos olharam para cima e viram brilhar o capuz de rosas como um sol, e a Rã tão bela quanto a aurora. A rainha avançou até ela e a pegou numa de suas patinhas, no mesmo instante a sábia Rã se metamorfoseou e apareceu como uma grande rainha, com o rosto mais atraente do mundo.

— Eu vim — ela exclamou — para coroar a fidelidade da princesa Moufette, que preferiu arriscar sua vida a renegar seu amor; um exemplo raro no século em que estamos, mas que será ainda mais raro nos séculos por vir.

E em seguida ela pegou duas coroas de mirtilos e as pôs sobre a cabeça dos dois apaixonados, que se amavam, e, dando três toques com sua varinha, fez com que todos os ossos do dragão se erguessem para formar um arco do triunfo, em memória da grande aventura que acabara de acontecer.

Então todo esse belo e numeroso bando se encaminhou para a cidade, cantando e celebrando e se rejubilando, com tanta alegria quanto fora a tristeza com o sacrifício da princesa. Esperou-se apenas o dia seguinte para as bodas; e é fácil imaginar a felicidade em que se deram.

Jörmungandr, a Serpente de Midgard

Snorri Sturluson

O deus escandinavo Loki teve três filhos com a gigante Angboda: Fenrir, Jörmungandr e Hel. Fenrir era um lobo terrível, que cresceu até ter um tamanho gigantesco, e causava tanta destruição que os outros deuses tiveram de prendê-lo, mas tão poderoso era que só depois de muitas tentativas conseguiram; Hel foi por Odin encarregada do reino subterrâneo dos mortos; e quanto a Jörmungandr, a Serpente de Midgard, era tão horrível que assim que Odin a viu atirou-a no fundo do mar.

No meio do oceano essa serpente cresceu tanto que acabou dando a volta na terra toda, com sua boca mordendo a própria cauda. E lá ficaria até o Ragnarok, a batalha final ou o crepúsculo dos deuses, quando faria o mar invadir a terra, ao avançar sobre ela com monstruosa ira, soprando seu veneno que se espalharia por todo o ar e toda a água, até encontrar Thor, que a enfrentaria num combate mortal para ambos, pois, após derrotá-la e matá-la, a apenas nove passos dali Thor cairia morto, por causa do veneno de Jörmungandr.

Mas muito antes disso Thor a encontraria duas outras vezes.

A primeira foi no castelo do gigante Utgard-Loki, em que Thor chegou com seus companheiros Loki e Thjálfi. Ao vê-los entrar, o gigante os recebeu com um sorriso de desprezo e disse:

— É esse bebezinho o poderoso Thor? Ainda assim, talvez você possa se mostrar maior do que aparenta para mim; de que tipo de proezas você e seus companheiros são capazes? Pois só é bem-vindo aqui quem é capaz de feitos nos quais ultrapassem a maioria dos mortais.

Quem respondeu primeiro foi o último a entrar, Loki:

— Sou capaz de algo que estou pronto a demonstrar: não há ninguém aqui que consiga comer mais rápido do que eu.

Utgard-Loki achou que seria um grande feito e chamou certo Logi para competir com ele. Uma gamela cheia de carne foi posta entre os dois, e cada um começou a comer o mais rápido que podia de cada lado, até se encontrarem no meio dela. A essa altura Loki tinha comido toda a carne e deixado apenas os ossos, mas Logi tinha comido não só a carne como também os ossos e a própria gamela e todos acharam que Loki tinha perdido.

Então Utgard-Loki perguntou de qual proeza o outro jovem seria capaz. Thjálfi respondeu que ganharia na corrida de quem quer que ele chamasse. Saíram todos para onde havia uma boa pista para correr e certo Hugi foi convocado para competir com Thjálfi. Três vezes eles correram e nas três Thjálfi perdeu, em cada uma delas ficando ainda mais para trás que da outra.

Era então a vez de Thor e ele disse que beberia mais que qualquer um. Utgard-Loki mandou um servo trazer um chifre que ali era usado como cálice e disse:

— Quem bebe bem esvazia esse chifre de uma vez só; alguns até precisam de duas, mas ninguém é tão fraco que precise de três.

Thor olhou o chifre, que nem lhe pareceu muito grande, embora um tanto comprido. Mas ele estava com muita sede, começou a beber e foi engolindo vigorosamente. Só que quando seu fôlego acabou e ele olhou quanto já tinha bebido do chifre, pouco parecia ter diminuído do que havia. Utgard-Loki disse:

— Esperava que Thor fosse capaz de beber mais, mas suponho que vá precisar de só mais uma vez para terminar.

Thor nada disse e se pôs a beber de novo; dessa vez era ao menos bem visível que o chifre estava mais vazio, embora parecesse ter descido menos que da outra. O gigante o provocou a uma terceira tentativa, mas também nessa nem chegou perto de começar a esvaziar o chifre Thor chegou e desistiu. Utgard--Loki desafiou-o então a outros feitos, já que daquele ele não se mostrara à altura. Thor aceitou e Utgard-Loki disse:

— Os rapazes aqui gostam de fazer algo que nem é lá grande coisa: erguer do chão o meu gato. Eu nem proporia isso a você, se não tivesse visto que você é bem menos capaz do que eu imaginava.

Então pulou no chão do salão um gato cinzento, muito grande, e Thor foi até ele e pôs as mãos sob a barriga dele para erguê-lo. Mas o gato só foi arqueando o corpo enquanto Thor esticava os braços, e quando Thor chegou ao máximo de altura que atingia, tudo o que conseguiu foi levantar uma única pata do gato.

— Foi como eu previa — disse Utgard-Loki. — O gato é muito grande, enquanto Thor é pequeno demais, perto dos homens enormes que há aqui.

— Por mais que você me ache pequeno — Thor respondeu —, estou agora disposto a lutar com quem você quiser chamar, pois fiquei com raiva.

Utgard-Loki, olhando em volta, disse:

— Não vejo aqui nenhum homem que não vá achar uma desonra lutar com você. Mas posso chamar minha velha babá, Elli, e você lutará com ela se quiser. Ela já venceu homens não menos fortes que você.

No mesmo instante entrou no salão uma velha, de idade muito avançada. Nem é preciso se estender muito sobre o que aconteceu: tudo o que Thor tentava, ela reagia com igual disposição, até deixá-lo de joelhos e Utgard-Loki interromper a luta. Já era tarde da noite e, depois de comer e beber, todos se recolheram.

Na manhã seguinte, Thor e seus companheiros estavam já de partida, fora do castelo, quando Utgard-Loki veio ter com ele e disse:

— Agora que você já está fora de meu castelo, e espero que nunca mais volte, vou lhe contar a verdade. Eu sabia que você vinha e de todo o seu poder; para me defender, vali-me de ilusões. Loki comeu muito rápido, mas Logi, com quem ele disputou, era ninguém menos que o fogo, e por isso queimou ainda mais rápido até a gamela. Hugi, com quem Thjálfi disputou a corrida, era ninguém menos que meu pensamento, e não se poderia esperar que Thjálfi fosse mais rápido que ele. Mais: quando você bebeu do chifre, e lhe pareceu baixar tão devagar, foi para mim um milagre que eu não teria acreditado possível. Pois, embora você não tenha percebido, a outra ponta daquele chifre estava no mar; e agora, quando você for perto do mar, poderá notar que o tanto que você bebeu o esvaziou, o que será para sempre chamado de maré. E não menos surpreendente foi ver você levantar uma pata do gato do chão, tanto que todos ficaram com medo, pois o gato não era o que aparentava ser, mas a própria Serpente de Midgard, que entre sua cabeça e sua cauda envolve a terra inteira. Por fim, foi também um grande milagre o tanto que você aguentou a luta, e que tenha só ficado de joelhos, pois Elli, com quem você lutou, é aquela que até agora ninguém venceu e jamais vencerá, e que faz a todos cair, a velhice. Agora parta, e será melhor que nunca volte a me procurar, pois sempre defenderei meu castelo de forma similar.

Thor, ao ouvir essas palavras, imediatamente brandiu seu martelo, mas quando ia lançá-lo viu que Utgard-Loki havia desaparecido, e também seu castelo. Então Thor foi embora, mas decidiu que ao menos da Serpente de Midgard ia procurar se vingar.

Pouco depois, com esse intento, Thor partiu disfarçado como um jovem rapaz. Ao anoitecer ele chegou à casa de certo gigante, chamado Hymir, e lá passou a noite como hóspede. Ao amanhecer, Hymir levantou, se vestiu e se preparou para ir num barco a remo pescar no mar. Thor despertou e imediatamente se aprontou, e pediu a Hymir para se fazer ao mar remando com ele. Mas Hymir disse que Thor ia ser de pouca ajuda, sendo tão pequeno e tão jovem.

— E você vai congelar, se eu ficar em alto-mar tanto tempo quanto pretendo.

Mas Thor disse que ele seria capaz de remar para bem longe da terra, pois não se podia saber ao certo quem ia ser o primeiro a pedir para remar de volta. Thor tinha ficado com tanta raiva do gigante que por pouco não usou seu martelo contra ele, mas ele se esforçou para ficar calmo, pois pretendia usar sua força em outro assunto. Perguntou então a Hymir o que levariam de isca, mas Hymir disse a ele que arranjasse a própria isca. Thor saiu então à procura e viu um rebanho de bois, que era de Hymir; ele pegou o maior boi, cortou-lhe a cabeça e a levou com ele para o mar. A essa altura Hymir já tinha empurrado o barco para o mar.

Thor entrou no barco e sentou na popa, pegou dois remos e começou a remar; Hymir viu que avançavam rápido por causa das remadas dele. Hymir remava na proa, e logo já estavam bem longe no mar, e Hymir disse que tinham chegado às águas piscosas nas quais ele queria ancorar e pescar linguado. Mas Thor contou que queria remar para ainda mais longe e deu um forte impulso; então Hymir disse que eles já tinham ido tão longe que era perigoso ficar ali, por causa da Serpente de Midgard. Thor insistiu que ainda ia remar um pouco, e foi o que fez, mas Hymir já estava então morrendo de medo. Thor, assim que largou os remos, preparou uma linha de pesca muito resistente, com um anzol bem grande e tão resistente quanto ela. Então ele pôs a cabeça do boi no anzol e atirou-o na água, e ele foi direto para o fundo, e é verdadeiro dizer que Thor enganou a Serpente de Midgard tanto quanto Utgard-Loki o tapeara antes, quando o fez erguê-la.

A Serpente de Midgard abocanhou a cabeça do boi e o anzol entrou em sua mandíbula; quando Jörmungandr percebeu, arremeteu para fugir com tanta força que os dois punhos de Thor bateram na amurada. Então Thor ficou com raiva e, invocando sua força divina, apoiou seus pés com tanta força que eles atravessaram o casco do barco e foram se plantar no fundo do mar; ele então puxou a serpente para a amurada. E pode se dizer que ninguém viu nada de muito aterrador se não viu o que se seguiu: como Thor lançava olhares ferozes para a serpente, e a serpente, por sua vez, olhava-o com muito ódio lá debaixo e cuspia veneno. Daí, dizem, o gigante Hymir ficou pálido, e então amarelo, e ficou morto de medo ao ver a serpente, e como o mar invadia o barco. No instante exato em que Thor agarrou seu martelo e levantou-o no ar, o gigante achou sua faca e cortou a linha de Thor na amurada, e a Serpente afundou no mar. Thor arremessou seu martelo atrás dela, e há quem diga que esmagou sua cabeça contra o fundo do mar, mas a verdade é que a Serpente de Midgard continuou viva, estendendo-se no oceano. Mas Thor brandiu seu punho e esmurrou a orelha de Hymir, que perdeu o equílibrio e caiu na água, e Thor viu as solas de seus pés afundar. E Thor voltou para a terra firme.

O príncipe e o dragão

Andrew Lang

Era uma vez um imperador que tinha três filhos. Eram bons rapazes, que gostavam de caçar, e quase não havia dia em que algum dos três não saísse para caçar.

Uma manhã o mais velho deles montou em seu cavalo e partiu para uma floresta nas vizinhanças, onde havia toda espécie de animais selvagens. Pouco depois de deixar o castelo, uma lebre saiu correndo de uns arbustos e cruzou a estrada. O jovem foi imediatamente atrás dela e a perseguiu por montanhas e vales, até a lebre se refugiar num moinho que ficava do lado de um rio. O príncipe a seguiu e entrou no moinho, mas parou aterrorizado na porta pois, em vez da lebre, o que encontrou foi um dragão, cuspindo fogo e fumaça. Ao ver tão terrível monstro, o príncipe tentou fugir, mas uma língua feroz enrolou-se em torno da cintura dele e puxou-o para dentro da boca do dragão, e ele nunca mais foi visto.

Uma semana se passou, e como o príncipe nunca mais que voltava, todo mundo na cidade começou a ficar preocupado. Enfim, o irmão do meio disse ao imperador que ele também gostaria de ir caçar, e que talvez encontrasse alguma pista quanto ao desparecimento de seu irmão. Mas mal os portões do castelo tinham se fechado atrás dele, a lebre saiu correndo dos arbustos igual à outra vez e fez o caçador persegui-la montanhas acima e vales abaixo, até chegarem ao moinho. Nele a lebre entrou com o príncipe atrás dela e... pronto!, em vez de lebre, lá estava o dragão cuspindo fogo e fumaça; e lá veio a língua feroz que se enrolou na cintura do príncipe e o carregou direto para a boca do dragão, e ele nunca mais foi visto.

Dias e dias se passaram, e o imperador esperou e esperou por seus filhos que nunca mais voltavam, sem conseguir pregar o olho nas noites, pensando onde eles estariam e o que teria acontecido com eles. O filho mais novo queria partir à procura de seus irmãos, mas o imperador se recusava a ouvi-lo, por medo de perdê-lo também. Porém o príncipe pediu tanto para que ele lhe permitisse ir em busca deles e prometeu tanto que seria muito cauteloso e cuidadoso, que enfim o imperador lhe deu permissão e ordenou que o melhor cavalo de seus estábulos fosse selado para o filho.

Cheio de esperança, o jovem príncipe partiu, mas assim que estava fora da cidade, a lebre saiu dos arbustos e foi perseguida por ele, até chegarem ao moinho. Como antes, o animal entrou pela porta aberta, mas dessa vez não foi seguido pelo príncipe. Mais sábio que seus irmãos, o jovem voltou atrás, dizendo para si mesmo: "há muitas outras lebres na floresta tão boas quanto essa que saiu dela; quando eu as tiver caçado, volto para procurar esta".

Por várias horas ele cavalgou por montanhas e vales, mas nada achou. Por fim, cansado de procurar, voltou ao moinho. Lá ele encontrou uma velha sentada, a qual ele cumprimentou cordialmente.

— Bom dia, mãezinha — disse, e a velha respondeu:

— Bom dia, filho.

— Diga-me, mãezinha — ele continuou —, onde acho minha lebre?

— Filho — respondeu a velha —, aquilo não era lebre, mas um dragão que atraiu muitos homens atrás dele e os comeu todos.

Ao ouvir essas palavras o príncipe sentiu um peso no coração e exclamou:

— Então meus irmãos devem ter vindo até aqui e foram comidos pelo dragão!

— Você adivinhou certo — respondeu a velha — e o melhor conselho que posso te dar é que volte imediatamente para casa, antes que tenha o mesmo destino.

— Você não gostaria de vir embora comigo deste lugar horrível? — propôs o jovem.

— Também sou prisioneira dele — ela respondeu — e não posso me soltar dessas correntes.

— Então ouça — pediu o príncipe. — Quando o dragão voltar, pergunte a ele aonde ele sempre vai quando sai daqui, e o que o faz tão forte; depois de conseguir extrair dele o segredo, me conte quando eu voltar aqui.

Então o príncipe foi para casa, e a velha ficou no moinho, e assim que o dragão voltou, ela disse a ele:

— Onde você esteve dessa vez? Foi para longe que viajou?

— Sim, mãezinha, foi para longe que viajei — ele respondeu. Então a velha começou a lisonjeá-lo, e a elogiar a esperteza dele, e quando achou que o deixara de bom humor, disse:

— Sempre me pergunto donde vem a sua força; gostaria muito que você me contasse. Eu me inclinaria e beijaria o lugar só de puro amor!

O dragão riu disso e repondeu:

— Naquela pedra de lareira. Ali está o segredo da minha força.

Então a velha se apressou a beijar a pedra da lareira e o dragão riu ainda mais e disse:

— Sua criatura estúpida! Eu estava só brincando. Não é na pedra de lareira, mas naquela grande árvore que está o segredo da minha força.

Então a velha se apressou a abraçar a árvore e a beijou de coração. O dragão deu uma enorme gargalhada ao ver o que ela estava fazendo.

— Velha tonta! — ele disse, assim que conseguiu falar. — Você realmente acreditou que minha força vinha dessa árvore?

— Onde ela fica, então? — perguntou a velha, um tanto irritada, pois não gostava que caçoassem dela.

— Minha força — respondeu o dragão — fica longe daqui; tão longe que você nunca a alcançará. Muito, muito longe daqui há um reino, e perto de sua capital há um lago, e no lago há um dragão, e dentro do dragão há um javali, e dentro do javali há um pombo, e dentro do pombo há um pardal, e dentro do pardal fica minha força.

Quando a velha ouviu isso, achou que não adiantava continuar a elogiá-lo, pois nunca conseguiria tirar a força dele.

Na manhã seguinte, quando o dragão saiu do moinho, o príncipe voltou e a velha lhe contou tudo que a criatura tinha dito. Ele ouviu em silêncio e então voltou ao castelo, onde se vestiu como um pastor e, pegando um cajado, saiu à procura de quem lhe empregasse como pastor de ovelhas.

Por algum tempo ele foi de aldeia em aldeia e de cidade em cidade, até chegar à grande capital de um reino distante, cercada em três lados por um enorme lago, que era o lago onde vivia o dragão. Como de costume, ele foi parando todo mundo que encontrava nas ruas que parecia estar precisando de um pastor e pedindo para que o empregassem, mas todos pareciam já ter seus pastores, ou não precisar de nenhum. O príncipe estava começando a perder a esperança, quando um homem que o ouviu perguntar lhe disse que o melhor que ele tinha a fazer era ir procurar o imperador, que estava precisando de alguém para cuidar de seus rebanhos.

— Você vai cuidar de minhas ovelhas? — quis saber o imperador, quando o jovem se ajoelhou perante ele.

— De muito bom grado, sua majestade — respondeu o jovem e ouviu atentamente o que o imperador disse que era para ele fazer.

— Do lado de fora dos muros da cidade — começou o imperador — você vai encontrar um grande lago, e nas margens dele ficam os prados mais verdejantes do meu reino. Quando estiver levando as ovelhas para pastar, elas vão correr direto para esses prados e ninguém que foi até lá jamais voltou vivo. Tenha cuidado, portanto, meu jovem, de não deixar as ovelhas ir para onde elas quiserem e trate de levá-las para o lugar que achar melhor.

Com uma mesura o príncipe agradeceu ao imperador por seu aviso e prometeu fazer o melhor que podia para manter seguras as ovelhas dele. Então deixou o palácio e foi até o mercado, onde comprou dois galgos, um falcão e uma flauta; depois disso, foi levar as ovelhas para pastar. No instante em que viram o lago, elas saíram trotando o mais rápido que podiam na direção dos prados verdejantes em volta dele. O príncipe não tentou impedi-las; ele apenas pôs seu falcão no galho de uma árvore, sua flauta na relva e mandou os galgos sentar quietos; então, arregaçando as mangas e enrolando as pernas das calças, entrou na água gritando:

— Dragão! Dragão! Se você não é um covarde, venha lutar comigo!

E uma voz respondeu das profundezas do lago:

— Estou a sua espera, ó príncipe!

Em seguida o dragão saiu da água, enorme e horrível de se ver. O príncipe se atirou sobre ele e os dois se engalfinharam e lutaram até o sol ficar alto, ao meio-dia. Então o dragão pediu, sem fôlego:

— Ó príncipe, deixe-me mergulhar minha cabeça quente no lago, que eu o arremesso até o topo do céu!

Mas o príncipe respondeu:

— Rá, rá! Meu caro dragão, não se gabe tão cedo! Pois, se a filha do imperador estivesse aqui e me beijasse na testa, eu o jogaria ainda mais alto!

De repente o dragão o soltou e mergulhou de volta no lago.

Assim que anoiteceu, o príncipe apagou os sinais da luta, pôs seu falcão no ombro, sua flauta debaixo do braço e, com seus galgos na frente e o rebanho atrás, voltou para a cidade. Ao passar pelas ruas, as pessoas ficavam olhando-o surpresas, pois nunca nenhum rebanho havia voltado do lago.

Na manhã seguinte ele se levantou cedo e levou as ovelhas na direção do lago. Dessa vez, no entanto, o imperador enviou dois homens a cavalo atrás dele, com ordens de vigiar o príncipe o dia inteiro. Assim que viram as ovelhas correndo para os prados, subiram numa colina íngreme, que dava vista para o lago. Quando o pastor chegou lá, pôs como da outra vez sua flauta na relva, o falcão no galho de uma árvore e mandou os galgos sentar quietos. Então arregaçou as mangas, enrolou as calças e entrou na água gritando:

— Dragão! Dragão! Se você não é um covarde, venha lutar comigo!

E o dragão respondeu:

— Estou a sua espera, ó príncipe!

Em seguida o dragão saiu da água, enorme e horrível de se ver. De novo os dois se atracaram e lutaram até o meio-dia, quando o sol estava mais quente, e o dragão pediu, sem fôlego:

— Ó príncipe, deixe-me mergulhar minha cabeça quente no lago, que eu o arremesso até o topo do céu!

Mas o príncipe respondeu:

— Rá, rá! Meu caro dragão, não se gabe tão cedo! Pois, se a filha do imperador estivesse aqui e me beijasse na testa, eu o jogaria ainda mais alto!

De repente o dragão o soltou e mergulhou de volta no lago.

Assim que anoiteceu, de novo o príncipe recolheu suas ovelhas e, tocando sua flauta, voltou com elas para a cidade. Assim que passou pelos portões as pessoas saíram de suas casas para contemplá-lo surpresas, pois nunca nenhum rebanho voltara do lago.

Enquanto isso os dois cavaleiros haviam retornado rapidamente e contaram ao imperador tudo o que viram e ouviram. O imperador ouviu avidamente a história, então chamou sua filha e a repetiu para ela:

— Amanhã — disse ele para terminar — você acompanhará o pastor até o lago e então o beijará na testa como ele deseja.

Ao ouvir essas palavras, a princesa explodiu em lágrimas e protestou soluçando:

— O senhor quer mesmo que eu, sua única filha, vá até aquele lugar horrível, donde muito provavelmente jamais voltarei?

— Nada tema, minha filha, tudo vai dar certo. Muitos pastores foram até o lago e nenhum jamais retornou, mas este em dois dias lutou duas vezes com o dragão e escapou sem nenhum ferimento. Então espero que amanhã ele acabe matando de vez o dragão e livrando este reino de um monstro que matou tantos de seus mais corajosos homens.

Mal o sol começara a espiar por sobre as colinas na manhã seguinte, a princesa já estava ao lado do pastor, pronta para ir com ele para o lago. O pastor estava radiante de felicidade, mas a princesa apenas chorava desconsoladamente.

— Enxugue suas lágrimas, eu lhe imploro — disse ele. — Basta você fazer o que eu pedir quando chegar a hora e correr para beijar minha testa e nada terá para temer.

Muito contente, o pastor foi tocando sua flauta enquanto conduzia seu rebanho, só parando de vez em quando para dizer à moça que chorava a seu lado:

— Não chore tanto, Coração de Ouro; confie em mim e nada tema. — E assim eles chegaram ao lago.

— Dragão! Dragão! Se você não é um covarde, venha para termos uma última luta!

E o dragão respondeu:

— Estou a sua espera, ó príncipe!

Em seguida o dragão saiu da água, enorme e horrível de se ver. Rapidamente foi até a margem e o príncipe arremeteu sobre ele e os dois se atracaram e lutaram até o meio-dia. Quando o sol estava mais quente, o dragão gritou:

— Ó príncipe, deixe-me mergulhar minha cabeça quente no lago, que eu o arremesso até o topo do céu!

Mas o príncipe respondeu:

— Rá, rá! Meu caro dragão, não se gabe tão cedo! Pois, se a filha do imperador estivesse aqui e me beijasse na testa, eu o jogaria ainda mais alto!

Mal ele disse isso e a princesa, que estava escutando, correu até ele e o beijou na testa. Então o príncipe arremessou o dragão para o alto até as nuvens e, quando ele caiu na terra de novo, quebrou-se em mil pedaços. Desses pedaços saltou um javali e fugiu correndo, mas o príncipe pôs seus galgos no encalço dele e eles pegaram o javali e o dilaceraram em pedaços. Desses pedaços saltou uma lebre, e no mesmo instante os galgos foram atrás dela, a pegaram e a mataram; e da lebre saiu um pombo. Imediatamente o príncipe soltou seu falcão, que alçou voo para o alto, arremeteu sobre o pombo e o capturou para seu amo. O príncipe cortou o pombo e achou dentro dele o pardal, como dissera a velha.

— Agora — exclamou o príncipe, segurando o pardal — você vai me dizer onde posso encontrar meus irmãos.

— Não me machuque — respondeu o pardal — e eu responderei de coração. Atrás do castelo de seu pai há um moinho e no moinho há três delgados ramos. Corte esses ramos e bata em suas raízes com eles e a porta de ferro de um porão se abrirá. No porão você encontrará gente o bastante, jovens e velhos, mulheres e crianças, para encher um reino inteiro e entre essa gente estarão seus irmãos.

A essa altura já anoitecia, então o príncipe se lavou no lago, pôs o falcão no ombro e a flauta debaixo do braço e, com seus galgos à frente e o rebanho atrás, marchou muito feliz para a cidade, a princesa seguindo a todos, ainda tremendo de medo. E assim eles passaram pelas ruas, atravessaram uma multidão surpresa, até chegarem ao castelo.

Incógnito, o imperador havia ido até o lago a cavalo e se escondera na colina, donde vira tudo o que tinha acontecido. Quando tudo acabou e o poder do dragão tinha sido vencido para sempre, ele voltou rapidamente para o castelo. Estava pronto para receber o príncipe de braços abertos e prometer a ele sua filha como esposa. O casamento aconteceu com grande esplendor e por toda uma semana a cidade ficou cheia de lanternas coloridas. Mesas foram postas no salão do castelo para todos que quisessem vir se servir. Quando a festa terminou, o príncipe contou ao imperador quem ele realmente era e, ao ouvir isso, todos se rejubilaram ainda mais, e preparações foram feitas para o príncipe e a princesa voltarem ao reino dele, pois ele estava impaciente para libertar seus irmãos.

A primeira coisa que ele fez ao atingir sua terra natal foi correr até o moinho, onde encontrou os três ramos como dissera o pardal. No instante em que ele bateu nas raízes, uma porta de ferro se abriu e do porão saiu uma incontável multidão de homens e mulheres. Ele disse a cada um que saía que estavam livres para ir para onde quisessem e ficou esperando junto à porta até seus irmãos aparecerem. Eles ficaram encantados de encontrá-lo e de ouvir tudo que o príncipe fizera para libertá-los daquele feitiço. E foram para casa com ele e o serviram para o resto da vida, pois disseram que só ele, que se provara bravo e leal, merecia ser rei.

O dragão

Giambattista Basile

Era uma vez um Rei que exercia seu poder com tamanha tirania e crueldade que, quando ele estava fora numa visita a um castelo longe da cidade, seu trono foi usurpado por uma certa feiticeira. Então ele consultou uma estátua de madeira que costumava dar respostas oraculares e ficou sabendo que recuperaria seus domínios quando a feiticeira perdesse a visão. Mas percebendo que a feiticeira, além de muito bem protegida, conseguia saber só de olhar quem eram as pessoas que ele mandava contra ela, e dava cabo delas, ele ficou bastante desesperado e, por puro rancor, passou a matar toda mulher que se aproximasse dele.

Depois de centenas delas terem tido o infortúnio de perder a vida assim, quis o acaso que chegasse até ele uma moça chamada Porziella, a mais bela criatura sobre a face da terra, e o Rei não conseguiu evitar se apaixonar por ela e fazer dela a sua esposa. Ele, porém, era tão cruel e vingativo com as mulheres que, depois de um tempo, ia matá-la igualmente. Ocorreu que bem quando ele estava erguendo sua adaga um pássaro deixou cair uma certa raiz no braço dele, provocando-lhe tamanho tremor que a arma caiu de sua mão. Esse pássaro era uma fada que, uns dias antes, adormecera num bosque e estava para ser atacada por um sátiro quando Porziella a acordou. Desde então a fada vinha seguindo a jovem, para poder retribuir essa gentileza.

Quando o Rei viu o que acontecera, achou que tinha sido a beleza do rosto de Porziella que fizera seu braço falhar e enfeitiçara a adaga para evitar que ele a cravasse nela como fizera com tantas outras. Decidiu então não tentar uma segunda vez e que ela morreria encarcerada num sótão de seu palácio. Dito e feito: a infeliz criatura foi presa entre quatro paredes, sem nada para comer ou beber, e deixada lá para morrer aos poucos.

O pássaro, vendo-a nessa situação terrível, consolou-a com palavras gentis, dizendo para a jovem se animar e prometendo, como retribuição à grande gentileza que ela fizera por ele, ajudá-la, mesmo se lhe custasse a própria vida. Apesar dos muitos pedidos de Porziella, o pássaro jamais lhe contava quem era, dizendo apenas que tinha uma dívida com ela e que não mediria esforços para servi-la. Vendo que a pobre moça estava faminta, saiu voando e retornou com uma faca pontuda que pegara na despensa do Rei. Disse a ela para fazer um furo sobre a cozinha, por onde regularmente traria comida para sustentá-la. Então Porziella foi furando até conseguir abrir uma passagem para o pássaro, que esperou o cozinheiro ir buscar água no poço e passou pelo buraco, pegando uma ave que estava cozinhando no fogo e levando-a até Porziella. Para saciar a sede da jovem, sem saber como carregar uma bebida, voou até a despensa, onde estavam penduradas muitas uvas, pegou um cacho cheio e o levou para Porziella. Assim ele fez por muitos dias.

Nesse ínterim, Porziella deu à luz um menino saudável, do qual ela cuidou e criou, com a constante ajuda do pássaro. Quando ele cresceu, a fada (que era o pássaro) disse à mãe do menino para aumentar o buraco, tirando quantas tábuas fossem necessárias do chão para permitir que Miuccio (que era esse o nome do menino) por ali passasse. Depois de fazê-lo descer com a ajuda de umas cordas que o pássaro trouxera, Porziella colocaria de volta no lugar as tábuas, para que ninguém pudesse ver donde o menino tinha vindo. Porziella fez o que o pássaro lhe disse; assim que o cozinheiro saiu, fez seu filho descer, instruindo-o a nunca dizer donde viera ou de quem era filho.

Quando o cozinheiro voltou e viu o belo menininho, perguntou a ele quem era e donde viera; o menino, lembrando a advertência de sua mãe, disse que era um pobre garoto abandonado que estava à procura de um lar. Enquanto conversavam, o mordomo entrou e, vendo o vivo menininho, achou que ele daria um pajem bonitinho para o Rei. Levou-o então aos aposentos reais. Quando o Rei viu aquele menino tão bonito que parecia uma verdadeira joia, gostou muito dele e o aceitou a seu serviço como um pajem, e em seu coração como um filho, e lhe ensinou tudo que um cavaleiro precisa saber, de modo que Miuccio cresceu se tornando um dos melhores da corte, e o Rei o amando muito. Por causa disso, a esposa do Rei, que era a Rainha, começou a detestá-lo e a ter uma profunda aversão a ele; e o ciúme e a maldade dela cresceram na mesma medida em que o Rei mais favorecia Miuccio; então ela decidiu passar sabão na escada do destino dele para fazê-lo escorregar e levar um tombo.

Foi assim que, numa noite em que ela e o Rei haviam afinado seus instrumentos e tocavam música juntos, a Rainha disse ao Rei que Miuccio se gabara de ser capaz de construir três castelos no ar. Então na manhã seguinte, quando a Lua, professora das sombras, dá férias a seus alunos para que se instaure o festival do Sol, o Rei, seja por ter ficado surpreso ou para contentar a Rainha, ordenou que chamassem Miuccio e mandou que ele construísse imediatamente três castelos no ar como se dissera capaz, senão o faria dançar na forca.

Ao ouvir isso, Miuccio foi para seu quarto e começou a se lamentar amargamente, vendo que o favor dos príncipes é de vidro, quebra fácil e pouco dura. Enquanto estava assim infeliz, o pássaro surgiu e disse:

— Coragem, Miuccio, e nada tema tendo-me ao seu lado, pois sou capaz de tirá-lo dessa fria.

O pássaro então o instruiu a pegar cola e papelão e fazer três grandes castelos; e, chamando três grandes grifos, amarrou um castelo em cada um deles, e lá saíram eles voando. Miuccio chamou o rei, que veio correndo com toda a sua corte ver aquilo; ao perceber o engenho de Miuccio, sua afeição por ele ficou ainda maior e o elogiou extravagantemente, o que foi como neve para o ciúme e fogo para a raiva da Rainha, ao ver que seu plano tinha falhado. Ela, tanto acordada como dormindo, não pensava em outra coisa a não ser como conseguiria se livrar daquele espinho em seus olhos. Até que, enfim, alguns dias depois, ela disse ao Rei:

— Já é chegada a hora de recuperarmos nossa grandeza e os prazeres de nosso passado, pois Miuccio se ofereceu para cegar a feiticeira e fazer com que o reino volte a ser seu.

O Rei, sentindo cutucada aquela sua velha ferida, chamou Miuccio naquele mesmo instante e disse a ele:

— Estou muito surpreso com você, com a pouca consideração que mostra pelo meu amor por você; pois, tendo o poder de restaurar-me no trono que perdi, você se mantém assim insensível, em vez de se esforçar para me libertar da miséria a que fui reduzido: de um reino a uma floresta, de uma cidade a um pobre castelo, e de reinar sobre um grande povo a ser servido por um punhado de lacaios magrelos. Portanto, se você me quer bem, saia já para ir cegar a feiticeira que tem a posse de minha propriedade, pois, ao apagar as lanternas dela, você acenderá as luzes de minha honra, agora tão desmerecida e sombria.

Ao ouvir isso, Miuccio estava para responder que o Rei havia sido mal informado e estava enganado, que ele não era nem um corvo para picar olhos ou uma picareta para abrir buracos, mas o Rei disse:

— Nenhuma outra palavra, é o que quero e que assim seja. Lembre-se: em minha mente há uma balança com a recompensa num dos pratos, se você fizer o que lhe pedi; e no outro a punição, se recusar a me obedecer.

Miuccio, que nada podia contra um homem que não se deixaria demover, foi para um canto lamentar-se, e o pássaro veio até ele e disse:

— Será possível, Miuccio, que toda hora você tem de estar se afogando numa tempestade em copo de água? Mesmo se eu tivesse morrido você não conseguiria fazer tanta onda. Você ainda não sabe que sua vida me importa mais que a minha? Portanto não desanime, venha comigo, que eu vou ver o que posso fazer.

Ao dizer isso saiu voando e pousou na floresta, onde começou a chilrear e uma multidão de pássaros o cercou. Contou a história e prometeu que aquele que se aventurasse a tirar a vista da feiticeira teria uma salvaguarda contra as presas dos falcões e dos milhafres e um salvo-conduto contra as armas, os arcos e as armadilhas dos caçadores.

Havia entre eles uma andorinha cujo ninho ficava numa viga do palácio real, que odiava a feiticeira porque, quando ela fazia seus maléficos feitiços, mais de uma vez a obrigara a abandonar seu ninho por causa das fumigações dela; por isso, em parte por vingança, em parte para ganhar a recompensa que o pássaro prometera, ofereceu-se para fazer o serviço. Saiu voando feito um raio para a cidade e, entrando no palácio, encontrou a feiticeira deitada num sofá, sendo abanada por duas donzelas. Então a andorinha se aproximou e, pousando bem em cima da feiticeira, bicou seus olhos. Naquele momento a feiticeira, ao ver a noite ao meio-dia, soube que àquela altura o reino estava perdido; aos berros, como uma alma condenada, abandonou o cetro e fugiu para se esconder em certa caverna, onde ficou continuamente batendo a cabeça na parede; depois de passar um tempo assim, seus dias chegaram ao fim.

Quando a feiticeira partiu, os conselheiros mandaram embaixadores para o Rei, pedindo a ele que voltasse, pois o cegamento da feiticeira lhe possibilitara ver esse dia feliz. Ao mesmo tempo que eles, chegou também Miuccio que, seguindo as instruções do pássaro, disse ao Rei:

— Servi Vossa Majestade da melhor forma que estava ao meu alcance; a feiticeira está cega, o reino é seu. Portanto, se eu mereço uma recompensa, a única coisa que quero é ser abandonado à minha má sorte, sem ter de novo que me expor a esses perigos.

Mas o Rei o abraçou com grande afeto, pediu a ele que pusesse sua boina e sentasse ao seu lado; quanto a Rainha ficou com raiva disso tudo, só os céus sabem, pois pelo arco de muitas cores que apareceu em sua face podia se prever o vento da tempestade que em seu coração se armava contra o pobre Miuccio.

Não muito longe desse castelo vivia um feroz dragão, que havia nascido na mesma hora que a Rainha; tendo os astrólogos sido convocados por seu pai para augurar esse evento, eles disseram que a filha dele estaria segura enquanto o dragão estivesse seguro, e quando um morresse, o outro necessariamente morreria também. Só uma coisa traria a Rainha de volta à vida: untar suas têmporas, peito, narinas e pulsos com o sangue do dragão.

Então a Rainha, sabendo da força e da fúria daquele animal, resolveu mandar Miuccio para as garras dele, sem ter a menor dúvida de que o monstro o comeria sem dificuldades, que ele seria como um moranguinho na garganta de um urso. Ela virou-se para o Rei e disse:

— Esse Miuccio é mesmo o tesouro de seu palácio, e você seria muito ingrato se não o amasse, ainda mais que ele confessou a vontade que tem de matar o dragão, o qual, apesar de ser meu irmão, é ainda assim seu inimigo, e um só fio de cabelo seu me importa mais que uma centena de irmãos.

O Rei, que odiava mortalmente o dragão e não tinha ideia de como tirá-lo da sua frente, no mesmo instante chamou Miuccio e disse a ele:

— Eu sei que você pode fazer tudo aquilo que quer; assim, como você já fez tanto, dê-me ainda outro prazer, e então obterá de mim tudo o que quiser. Vá neste mesmo instante matar o dragão, e me fará um serviço singular, e eu o recompensarei muito bem.

Ao ouvir isso Miuccio quase perdeu os sentidos, e, assim que conseguiu falar, disse ao Rei:

— Ai de mim, que dor de cabeça que essas contínuas provações me dão! Acaso minha vida é um tapete de pele de cabra que Vossa Majestade pode pisar até gastar? Não se trata de uma pera descascada pronta a cair na boca de alguém, mas de um dragão, que dilacera com suas garras, despedaça com sua cabeça, esmaga com sua cauda, tritura com seus dentes, envenena com seus olhos e mata com seu sopro. Portanto Vossa Majestade quer me mandar para a morte? É essa a recompensa que ganho por ter lhe dado um reino? Quem é a alma perversa que lançou esse dado à mesa? Que abominação ensina tais coisas e põe tais palavras em sua real boca?

Mas o Rei, que era mais firme que uma rocha em manter o que tinha dito, bateu os pés no chão e exclamou:

— Depois de tudo o que você já fez, vai me falhar justo agora? Nem mais uma palavra; vá, livre meu reino dessa praga, a menos que prefira que eu o livre de sua vida.

Pobre Miuccio, que assim ia recebendo num minuto um favor, no próximo uma ameaça; agora um afago na cabeça, e em seguida um chute; agora uma palavra gentil, seguida de uma cruel! Ele refletiu sobre quanto era mutável a sorte na corte e que preferia nunca ter conhecido o Rei. Enquanto ele estava sentado num dos degraus, com a cabeça entre os joelhos, lavando seus sapatos com suas lágrimas e aquecendo o chão com seus suspiros, lá veio o pássaro com uma planta no bico e, jogando-a para ele, disse:

— Levante-se, Miuccio, e crie coragem! Pois não é hora de brincar com o resto de seus dias, mas de jogar gamão com a vida do dragão. Pegue essa planta. Quando chegar à caverna daquele animal horrível, jogue-a lá dentro, e no mesmo instante ele será acometido de tamanha sonolência que logo adormecerá profundamente. Então, furando-o bastante, enfiando nele uma boa faca, você logo dará um fim a ele. Em seguida volte, pois as coisas vão acabar melhores do que você imagina.

— Já chega! — exclamou Miuccio. — Sei o que carrego sob meu cinto; temos mais tempo que dinheiro, e quem tem tempo tem a vida.

Dizendo isso, ele se levantou, pôs uma faca em seu cinto, pegou a planta e foi até a caverna do dragão, que ficava sob uma montanha tão enorme que as três montanhas que eram os degraus do gigante não alcançavam nem sua metade. Ao chegar lá, jogou a planta dentro da caverna e, no mesmo instante, um sono profundo se apoderou do dragão e Miuccio começou a fazê-lo em pedaços.

Bem no momento em que ele estava ocupado com isso, a Rainha sentiu uma dor aguda em seu coração, vendo-se em maus lençóis, percebeu o erro que cometera, pois tinha comprado sua morte com dinheiro miúdo. Então ela chamou seu marido e disse o que os astrólogos haviam previsto — como sua vida dependia da do dragão, e que ela temia que Miuccio o matara, pois se sentia indo aos poucos. O Rei perguntou:

— Se você sabia que a vida do dragão era o esteio da sua e a raiz de seus dias, por que você me fez mandar Miuccio matá-lo? De quem é a culpa? Você mesma fez a maldade, e agora tem de pagar por ela; você quebrou o vidro, agora pague a conta.

Ao que a Rainha respondeu:

— Nunca achei que aquele rapazola tivesse a habilidade e a força de derrotar um monstro que fez pouco de um exército, e eu esperava que ele deixasse a vida lá. Mas como eu errei, e o meu desígnio saiu de rota, peço-lhe uma gentileza se você me ama. Quando eu estiver morta, pegue uma esponja embebida no sangue do dragão e unte as extremidades de meu corpo com ela antes de me enterrar.

— Isso é bem pouco perto do amor que tenho por você — respondeu o Rei — e se o sangue do dragão não for suficiente, acrescentarei do meu para contentá-la.

A Rainha ia lhe agradecer, mas sua respiração faltou ao abrir a boca para falar, pois naquele momento Miuccio acabara de vez com a vida do dragão.

Assim que Miuccio voltou à presença do Rei com a notícia do que fizera, o Rei mandou que ele voltasse lá para buscar o sangue do dragão, mas, ficando curioso de ver a proeza que Miuccio realizara, seguiu-o. Quando Miuccio estava saindo dos portões do palácio, o pássaro o encontrou e disse:

— Aonde você está indo? — e Miuccio respondeu:

— Estou indo aonde o Rei me mandou; ele me faz ir e voltar feito um pêndulo; nunca me deixa descansar uma hora.

— Para fazer o quê? — perguntou o pássaro.

— Buscar sangue do dragão — revelou Miuccio.

— Ah, jovem infeliz! O sangue do dragão será sua perdição, pois esse sangue fará reviver a raiz perversa de todos os seus infortúnios. A Rainha fica continuamente expondo você a perigos para que você perca a vida e o Rei, que deixa aquela criatura odiosa pôr as rédeas nele, manda você, como um vagabundo, para colocar em risco a sua pessoa, que é do mesmo sangue que corre nas veias dele, mas o desgraçado não sabe quem você é, embora a afeição inata que sente por você deveria ter lhe mostrado o parentesco. Além do mais, os serviços que você prestou ao Rei, e ele ter ganhado um filho e herdeiro tão belo, deviam obter a graça da infeliz Porziella, sua mãe, que há catorze anos está enterrada viva num sótão, como um templo de beleza embutido num quartinho.

Enquanto o pássaro dizia isso, o Rei, que ouvira cada palavra, avançou para saber melhor a verdade da história; ao descobrir que Miuccio era o filho dele e de Porziella, que ainda continuava viva no sótão, no mesmo instante deu ordens para que ela fosse libertada e trazida até ele. Quando a viu mais bela do que nunca, graças aos cuidados que lhe dispensara o pássaro, abraçou-a com enorme carinho e não se cansou de apertar em seus braços e junto a seu coração primeiro a mãe e então o filho, pedindo perdão a Porziella pelo mau tratamento que dera a ela, e ao filho pelos perigos a que o expusera. Então ordenou que a vestissem com as mais ricas roupas, e a fez coroar Rainha na frente de todos. Quando o Rei soube que a preservação dela e o fato de seu filho ter escapado de todos os perigos eram inteiramente obra do pássaro, que dera comida à primeira e conselhos ao segundo, ele lhe ofereceu seu reino e sua vida. Mas o pássaro disse que não queria nenhuma outra recompensa para seus serviços que ter Miuccio como seu marido; assim que disse isso, transformou-se numa bela donzela e, para a grande alegria do Rei e de Porziella, foi dada a Miuccio como esposa. Então os recém-casados, para darem ainda maiores festas, foram até o próprio reino, onde eram ansiosamente esperados, todo mundo atribuindo essa boa sorte à fada, pela gentileza que Porziella lhe fizera, pois, no fim das contas, "uma boa ação nunca é em vão".

O dragão e sua avó

Jacob & Wilhelm Grimm

Houve uma vez uma grande guerra, e o rei, que tinha muitos soldados, pagava-lhes tão mal que eles não conseguiam viver do soldo. Três de seus soldados então se reuniram e decidiram desertar. Um deles disse aos outros:

— Se nos pegarem, vão nos enforcar no cadafalso. O que vocês acham que devemos fazer?

— Vocês estão vendo aquele campo de trigo ali? Se nos escondermos nele, ninguém vai nos achar. O exército não pode entrar nele e amanhã ele vai partir.

Então eles se esconderam no campo de trigo, mas o exército não partiu; ficou onde estava, bem perto deles. Os três soldados ficaram ali por dois dias e duas noites e já estavam praticamente morrendo de fome, mas arriscar-se a sair era morrer na certa. Enfim, disseram:

— De que adiantou desertar? Vamos ter uma morte miserável aqui!

Foi então que um dragão flamejante apareceu voando. Mergulhou no campo e perguntou por que eles estavam escondidos ali.

— Somos três soldados — eles responderam — e desertamos porque éramos muito mal pagos. Agora morreremos de fome se ficarmos aqui, e seremos dependurados no cadafalso se sairmos daqui.

— Se vocês me servirem por sete anos — propôs o Dragão — eu os levo por cima do exército e não serão pegos.

— Como não temos outra escolha — eles disseram —, vamos aceitar sua oferta.

Então o Dragão pegou-os em suas garras. Levou-os pelo céu sobre o exército e os pôs no chão de novo bem longe dali.

O Dragão deu a eles um pequeno chicote e disse:

— Basta estalar no ar esse chicote e muito dinheiro aparecerá na frente de vocês. Vocês então poderão viver como grandes senhores, manter cavalos e passear por aí em carruagens, mas depois de sete anos vocês serão meus.

Então ele abriu um livro na frente deles e fez cada um dos três assinar.

— Eu então proporei uma adivinha — ele continuou — e se vocês a decifrarem, estarão livres.

O Dragão saiu então voando e eles partiram com o chicotinho. Tiveram todo o dinheiro que queriam, vestiram-se muito bem e conseguiram um lugar no mundo. Aonde quer que fossem, viviam com esplendor e muita diversão, andavam sempre a cavalo ou em carruagens, comeram e beberam, mas nada de mal fizeram.

O tempo passou muito rápido e quando os sete anos estavam chegando ao fim, dois deles ficaram terrivelmente ansiosos e com medo, mas o terceiro não se preocupou nem um pouco, dizendo:

— Não tenham medo, irmãos, não nasci ontem, vou decifrar a charada.

Eles foram para um campo e se sentaram, e dois deles ficaram cabisbaixos. Uma velha que passava por ali perguntou por que eles estavam tão tristes.

— Ai de nós! O que lhe adianta saber? Você não poderá nos ajudar.

— Nunca se sabe — ela respondeu. — Apenas me contem qual é o problema.

Então eles revelaram a ela como tinham se tornado servos do Dragão por sete longos anos, e como ele lhes dera dinheiro em abundância, feito amoras, mas como haviam assinado o nome, eles eram dele, a menos que no final dos sete anos decifrassem uma charada. A velha disse:

— Se vocês quiserem alguma ajuda, um de vocês precisa entrar na floresta e lá encontrar uma construção de pedras caindo aos pedaços, que parece uma pequena casa. Então deve entrar nela e lá achará ajuda.

Os dois melancólicos pensaram "isso não vai nos salvar!" e ficaram onde estavam. Mas o terceiro e mais animado deles se levantou e foi para a floresta até achar a cabana de pedras. Na cabana havia uma mulher muito velha, que era a avó do Dragão. Ela perguntou como ele tinha chegado ali e o que viera fazer. Ele contou tudo o que acontecera, e como ela gostou dele, ficou com pena e disse que ia ajudá-lo.

Ela levantou uma enorme pedra que cobria a entrada do porão, dizendo:

— Esconda-se aí, dá para ouvir tudo o que se diz na sala. Basta ficar quieto e não se mexer. Quando o Dragão vier, vou perguntar qual é a charada, pois ele me conta tudo; preste bem atenção no que ele disser.

À meia-noite o Dragão chegou voando e pediu seu jantar. Sua avó pôs a mesa, e serviu comida e bebida até ele ficar satisfeito, e eles comeram e beberam juntos. Então, durante a conversa ela perguntou como tinha sido o dia dele e quantas almas havia conquistado.

— Não tive muita sorte hoje — ele contou —, mas pelo menos três soldados já tenho garantidos.

— É mesmo? Três soldados! — ela se admirou. — Mas soldados são valentes. E se eles conseguirem escapar?

— Eles são meus — respondeu o Dragão com desdém. — A charada que vou lhes propor, eles serão incapazes de decifrar.

— Que espécie de charada? — ela perguntou.

— Vou lhes dizer o seguinte. No fundo do Mar do Norte jaz um macaco morto, será o assado deles; e uma costela de uma baleia, que será a colher de prata deles; e um casco oco de um cavalo morto, que será o cálice de vinho.

Quando o Dragão foi para a cama, sua velha avó puxou a pedra e deixou o soldado sair.

— Prestou bastante atenção em tudo?

— Sim — ele respondeu. — Sei o suficiente e poderei me virar esplendidamente.

Então ele saiu em segredo por uma outra janela e apressou-se a voltar até onde estavam seus camaradas. Contou-lhes como o Dragão havia sido tapeado pela avó dele e como ouvira da própria boca dele a resposta da charada.

Todos ficaram então de excelente humor, pegaram o chicote e estalaram fazendo montes de dinheiro brotar do chão. Quando os sete anos acabaram, o Dragão veio com seu livro e, apontando as assinaturas, disse:

— Vou levá-los para o inferno comigo, onde vocês terão uma refeição. Se vocês me disserem qual será o assado, estarão livres e poderão ficar com o chicote.

O primeiro soldado respondeu:

— No fundo do Mar do Norte jaz um macaco morto; esse vai ser o assado.

O Dragão ficou muito aborrecido, resmungou bastante e perguntou ao segundo soldado:

— Mas qual será a colher de vocês?

— A costela de uma baleia será nossa colher de prata.

O Dragão fez uma careta e grunhiu de novo três vezes:

— Hum, hum, hum — e perguntou ao terceiro soldado: — E você sabe qual será o cálice de vinho de vocês?

— O casco de um velho cavalo será nosso cálice de vinho.

Então o Dragão saiu voando dando um grito agudo e não mais tinha poder sobre eles. E os três soldados pegaram o chicotinho, chicotearam todo o dinheiro que queriam e viveram felizes até o fim da vida.

Os domesticadores de dragão

Edith Nesbit

Havia uma vez um castelo muito, muito velho — tão velho que suas muralhas, torres, torreões, arcos e portões tinham desmoronado em ruínas, e de todo seu esplendor antigo só restavam dois quartinhos, e era ali que o ferreiro John instalara sua forja. Ele era muito pobre para morar numa casa adequada, e ninguém cobrava-lhe aluguel pelos dois quartos na ruína, porque todos os senhores do castelo tinham partido ou morrido havia muitos anos. Então era ali que John usava seus foles e martelava seu ferro e fazia todo serviço que aparecesse. O que não era muito, pois a maior parte ia para o prefeito local, que também era ferreiro, mas com um negócio em grande escala, com sua enorme forja de frente para a praça da cidade, doze aprendizes, todos martelando como se fosse um ninho de pica-paus, doze artífices para mandar nos aprendizes, uma forja de primeira, um martelo automático e foles elétricos, e tudo muito bonito e bem instalado. Então é claro que o pessoal da cidade, quando precisava ferrar um cavalo ou consertar um eixo, ia à forja do prefeito. O ferreiro John se virava o melhor que podia, com um ou outro serviço que conseguia de viajantes e forasteiros que não sabiam que a forja do prefeito era muito superior. Os dois quartos eram quentes e protegidos das intempéries, mas não muito grandes; então o ferreiro se acostumara a guardar seu ferro, sua solda, o pouco de carvão que tinha e o resto de suas tralhas no calabouço sob o castelo. Era de fato um excelente calabouço, com um belo teto em abóbadas e enormes anéis de ferro que ficavam presos nas paredes, muito convenientes para acorrentar prisioneiros, e com um lance de escadas de largos degraus descendo ninguém sabia para onde. Mesmo os senhores do castelo nos bons velhos tempos nunca souberam aonde aqueles degraus iam dar, mas volta e meia eles chutavam algum prisioneiro degraus abaixo, de um jeito despreocupado e esperançoso, e, efetivamente, os prisioneiros jamais voltavam. O ferreiro nunca ousara ir além do sétimo degrau, nem eu — de modo que sei tanto quanto ele o que havia lá embaixo.

O ferreiro John tinha uma mulher e um filho ainda bebê. Quando a mulher não estava cuidando da casa, ela ficava embalando o bebê e chorando, lembrando os dias felizes em que morava com seu pai, que tinha dezessete vacas e vivia muito bem no campo, e de como John vinha fazer-lhe a corte nas noites de verão, todo elegante e vistoso, com flores na lapela. E agora o cabelo de John estava ficando grisalho e quase nunca havia o suficiente para comer.

Quanto ao bebê, chorava bastante em diferentes horários; mas de noite, quando sua mãe ia para a cama, ele sempre começava a chorar, como se fosse a coisa certa a fazer naquela hora, de modo que ela mal conseguia dormir. Isso a deixava muito cansada.

O bebê podia compensar suas noites ruins durante o dia, se quisesse, mas sua pobre mãe não. Então, sempre quando ela não tinha o que fazer, ela ficava sentada chorando, porque estava esgotada de tanto trabalhar e se preocupar.

Uma noite o ferreiro estava ocupado em sua forja. Fazia uma ferradura para o bode de uma senhora muito rica, que queria ver se o bode ia gostar de usar ferradura, e também se a ferradura ia custar cinco ou seis moedas antes de encomendar o jogo todo. Foi o único serviço que John conseguira naquela semana. Enquanto ele trabalhava, sua mulher embalava o bebê que, por milagre, não estava chorando.

Então, por cima do barulho do fole e do martelo no ferro, veio outro som. O ferreiro e sua mulher se entreolharam.

— Eu não ouvi nada — disse ele.

— Nem eu — acrescentou ela.

Mas o barulho ficou mais alto — e os dois estavam tão ansiosos para não ouvi-lo que ele martelou a ferradura do bode com mais força do que jamais martelara na vida, e ela começou a cantar para o bebê, algo que ela não tinha ânimo para fazer havia semanas.

Mas, mesmo com o fole, o martelo e a cantoria, o barulho vinha cada vez mais alto, e quanto mais eles tentavam não ouvi-lo, mais o ouviam. Era como o som de uma enorme criatura ronronando, ronronando, ronronando — e a razão pela qual eles não queriam acreditar nele era que vinha do grande calabouço lá embaixo, onde ficava a sucata, a lenha e um pouco de carvão, e os degraus que desciam para a escuridão e iam dar ninguém sabia onde.

— Não pode ser no calabouço — disse o ferreiro, enxugando o rosto. — Ora, vou ter de ir lá pegar mais carvão daqui a pouco.

— Claro que não tem nada lá. Como poderia ter? — concordou a mulher dele. E eles se esforçaram tanto para acreditar que não podia haver nada lá que logo estavam quase acreditando.

Então o ferreiro pegou sua pá com uma mão e seu martelo de rebitar com a outra, pendurou a velha lanterna no dedinho e foi lá embaixo pegar o carvão.

— Não estou levando o martelo porque acho que tem alguma coisa lá — explicou ele —, mas porque ele é útil para quebrar os pedaços maiores de carvão.

— Entendo perfeitamente — disse sua mulher, que havia trazido o carvão em seu avental naquela mesma tarde e sabia que não passava de pó de carvão.

Então ele desceu a escada em caracol para o calabouço e parou no fim dos degraus, segurando a lanterna acima da cabeça só para ver que o calabouço realmente estava vazio, como sempre. Metade dele estava vazia como sempre, exceto pela sucata e o resto das tralhas, a lenha e o carvão. Mas o outro lado não estava vazio. Estava bem cheio, e do que ele estava bem cheio era de um dragão.

— Ele deve ter subido por aqueles degraus horríveis, vindo sabe-se lá de onde — falou o ferreiro para si mesmo, tremendo todo, enquanto tentava subir de volta pela escada em caracol sem ser visto.

Mas o dragão foi mais rápido que ele — avançou uma enorme garra e pegou-o pela perna e, ao se mover fez um barulho feito o de um molho de chaves gigante, ou feito o daquelas lâminas de ferro que se usam para fazer trovões em pantominas.

— Não, não vai, não — proclamou o dragão numa voz cheia de pequenas explosões, feito uma bombinha que falhou.

— Pobre de mim — lamentou-se o coitado do John, tremendo mais que nunca na garra do dragão. — Belo fim para um respeitável ferreiro!

O dragão pareceu ficar muitíssimo impressionado com esse comentário.

— Você se importaria em repetir isso? — perguntou ele, bastante polido.

Então John repetiu, bem claramente:

— Be-lo fim pa-ra um res-pei-tá-vel fer-rei-ro.

— Não sabia — revelou o dragão. — Ora, quem diria! Você é exatamente a pessoa que eu queria.

— Foi o que eu entendi do que você disse — tremeu John, seus dentes batendo.

— Oh, não, não quis dizer o que você quis dizer — explicou o dragão —, mas que eu precisaria que você fizesse um serviço para mim. Numa das minhas asas os rebites se soltaram um pouco acima da junta. Você poderia arrumar isso?

— É possível, senhor — disse John, polidamente, porque deve-se sempre ser polido com um cliente em potencial, mesmo se este for um dragão.

— Um mestre artesão... Você é um mestre, não é? Então, vai enxergar no ato qual é o problema — o dragão continuou. — Dê a volta e venha sentir as minhas placas, sim?

John timidamente deu a volta quando o dragão soltou-o de sua garra e, efetivamente, a asa do dragão estava solta, e várias das placas perto da junta precisavam ser rebitadas.

O dragão parecia ser quase inteiro feito de uma armadura de ferro — de um tom fulvo, vermelho-ferrugem na cor; pela umidade, sem dúvida — e por baixo parecia ser coberto de algo peludo.

O ferreiro dentro de John despertou e ele se sentiu mais à vontade.

— Um ou dois rebites vão fazer bem ao senhor, com certeza — ele propôs. — Na verdade, o senhor precisa é de muitos rebites.

— Bom, ao trabalho, então — ordenou o dragão. — Você conserta minha asa e aí eu saio para comer toda a cidade; se você tiver feito um serviço realmente bom, eu o deixo para ser comido por último. Que tal?

— Senhor, eu não quero ser o último a ser comido — protestou John.

— Por isso não, você então será o primeiro a ser comido — disse o dragão.

— Eu também não quero isso, senhor — continuou John.

— Vá se danar então, seu homem tolo — explodiu o dragão. — Tão tolo que nem sabe o que quer. Vamos, comece a trabalhar.

— Eu não gostei desse serviço, senhor — revelou John. — Essa é a verdade. Sei como é fácil acidentes acontecerem. Está tudo muito bem, tudo muito certo: "por favor me rebite, e eu o comerei por último"; e daí você começa o serviço e dá um cutucão ou um beliscão debaixo dos rebites e pronto, é só fogo e fumaça, e nenhuma desculpa vai adiantar.

— Eu dou minha palavra de honra de dragão — disse o próprio.

— Eu sei que o senhor não vai fazer de propósito — continuou John —, mas qualquer cavalheiro é capaz de dar um pulo e uma fungada ao ser cutucado, e uma fungada sua basta para acabar comigo. Agora, se o senhor me deixasse prendê-lo...

— Seria tão pouco digno — objetou o dragão.

— Sempre se prende um cavalo — comentou John — e ele é o "nobre animal".

— Sim, muito bem — concordou o dragão —, mas como vou saber se você vai me soltar depois de me rebitar? Dê-me algo como garantia. O que tem mais valor para você?

— Meu martelo — disse John. — Um ferreiro sem martelo não é nada.

— Mas você vai precisar dele para me rebitar. Você precisa pensar em outra coisa, e rápido, senão eu vou comê-lo primeiro.

Nesse momento o bebê no quarto lá em cima começou a berrar. A mãe dele tinha ficado tão quieta que ele achou que ela tinha ido para a cama e que era hora de começar.

— O que é isso? — quis saber o dragão, com um sobressalto em que todas as placas de seu corpo fizeram barulho.

— É só o bebê — disse John.

— E o que é isso? — perguntou o dragão. — Algo que tem valor para você?

— Bem, sim, senhor, bastante — contou o ferreiro.

— Então traga-o aqui — mandou o dragão. — Vou ficar com ele até que você termine de me rebitar, e assim você poderá me amarrar.

— Certo, senhor — disse John —, mas devo avisá-lo. Bebês são venenosos para dragões, então não vou enganá-lo. Tudo bem tocá-lo, mas não vá pô-lo na boca. Detestaria ver um cavalheiro tão distinto como o senhor passando mal.

O dragão ronronou com esse elogio e disse:

— Está certo, tomarei cuidado. Agora vá buscar a coisa, o que quer que seja.

Então John correu degraus acima o mais rápido que pôde, porque sabia que, se o dragão ficasse impaciente antes de estar preso, bem podia derrubar o teto do calabouço com um só bater de suas asas, matando todos. Sua mulher estava dormindo, apesar do choro do bebê, e John o pegou, levou-o para baixo e colocou-o entre as garras dianteiras do dragão.

— Basta o senhor ronronar para ele — disse John — e ele vai ficar como um anjo.

O dragão começou a ronronar, o que agradou tanto ao bebê que ele parou de chorar.

Então John remexeu na pilha de sucata até achar nela umas grossas correntes e uma enorme coleira feita nos tempos em que os homens cantavam ao trabalhar e o faziam de todo o coração, de modo que as coisas que faziam eram resistentes o bastante para aguentar o peso de mil anos; e perto disso, um dragão não é nada.

John prendeu o dragão com a coleira e as correntes e, quando tinha fechado bem os cadeados nelas, começou seu trabalho vendo quantos rebites seriam necessários.

— Seis, oito, dez... vinte, quarenta — contou ele. — Não tenho nem metade dos rebites necessários na minha oficina. Se o senhor me der licença, vou dar um pulo numa outra forja para pegar algumas dúzias. Não vou demorar nem um minuto.

E lá se foi ele, deixando entre as garras dianteiras do dragão o bebê rindo e dando gritinhos de prazer com o sonoro ronronar da besta.

John correu o mais rápido que pôde para a cidade e procurou o prefeito e as demais autoridades municipais.

— Há um dragão em meu calabouço — contou ele. — Eu o acorrentei. Agora preciso da ajuda dos senhores para tirar meu bebê dele.

E ele narrou a eles toda a história.

Mas acontece que todos tinham compromissos naquela noite; então eles elogiaram a esperteza de John, e disseram-se muito satisfeitos em deixar o assunto nas mãos dele.

— Mas e o meu bebê? — desesperou-se John.

— Ah, sim — respondeu o prefeito. — Se alguma coisa acontecer, você sempre poderá lembrar que seu bebê morreu por uma causa nobre.

Então John voltou para casa e contou parte da história para sua mulher.

— Você deu o bebê para o dragão! — ela exclamou. — Ah, seu pai desnaturado!

— Pssssiu! — disse John e contou mais um pouco. E aí disse: — Eu vou descer. Depois que eu estiver lá embaixo, você vem e, se você mantiver a cabeça no lugar, o menino vai ficar bem.

E para baixo foi o ferreiro, e lá estava o dragão ronronando com toda a força para manter o bebê quieto.

— Vê se você se apressa — ele pediu. — Não vou conseguir ficar fazendo todo esse barulho a noite inteira.

— Senhor, sinto muito — disse o ferreiro —, mas todas as oficinas estão fechadas. O serviço vai ter de ficar para amanhã. E não esqueça que o senhor prometeu se encarregar do bebê. Receio que talvez ache um pouco cansativo. Boa noite.

O dragão ronronou até ficar completamente sem fôlego — e aí ele teve de parar. Assim que tudo ficou em silêncio, o bebê achou que todo mundo já tinha ido dormir, então estava na hora de começar. E começou.

— Oh não — protestou o dragão. — Isso é terrível.

Ele tentou afagar o bebê com sua garra, mas isso só o fez chorar mais que nunca.

— E eu estou tão cansado — lamentou-se o dragão. — Queria tanto poder ter uma boa noite de sono.

O bebê continuou berrando.

— Eu nunca mais vou ter paz depois disso — continuou o dragão. — É o bastante para arruinar os nervos de qualquer um. Quieto, assim, quietinho, isso.

E ele tentou fazer o bebê parar de chorar como se fosse um filhote de dragão. Mas quando ele começou a cantar "Dorme, meu dragãozinho", o bebê berrou mais e mais e mais.

— Não consigo fazê-lo parar — o dragão disse e de repente ele viu uma mulher sentada na escada.

— Ei, escute aqui — ele perguntou —, você entende alguma coisa de bebês?

— Sim, um pouco — respondeu a mãe.

— Então gostaria que você pegasse este, para eu poder dormir um pouco — pediu o dragão, bocejando. — Você pode trazê-lo de volta amanhã antes do ferreiro chegar.

Então a mãe pegou o bebê e o levou para cima e contou para o marido dela, e eles foram felizes para a cama, pois tinham pegado o dragão e salvado o bebê.

No dia seguinte John desceu ao calabouço e explicou direitinho para o dragão em que pé as coisas estavam, então pegou um portão de ferro com uma grade e o instalou no fim da escada, e o dragão gemeu furiosamente por dias e dias, mas, quando descobriu que não adiantava nada, ficou quieto.

John foi então falar com o prefeito e disse:

— Prendi o dragão e salvei a cidade.

— Nobre preservador da cidade — exclamou o prefeito —, faremos uma subscrição pública em seu nome e o coroaremos em público com uma coroa de louros.

O prefeito então contribuiu com cinco libras, e cada uma das demais autoridades municipais deu três, e outras pessoas deram guinéus e coroas, e, enquanto a arrecadação estava sendo feita, o prefeito encomendou, pagando do próprio bolso, três poemas ao poeta municipal para celebrarem a ocasião. Os poemas foram muito mais admirados, especialmente pelo prefeito e pelas demais autoridades municipais.

O primeiro poema abordava a nobre conduta do prefeito ao conseguir que o dragão fosse preso. O segundo descrevia a esplêndida ajuda que lhe prestaram as demais autoridades municipais. E o terceiro expressava o orgulho e a alegria do poeta em ter a honra de louvar tais feitos, perto dos quais as ações de São Jorge ficam parecendo perfeitamente banais para quem tem o coração sincero e a mente bem equilibrada.

Quando a subscrição terminou, mil libras haviam sido arrecadadas e formou-se um comitê para decidir o que fazer com elas. Um terço foi para pagar um banquete para o prefeito e as demais autoridades municipais; outro terço foi gasto na compra de uma corrente de ouro com um dragão para o prefeito, e com medalhas de ouro com dragões para as demais autoridades municipais; e o que sobrou serviu para pagar as despesas do comitê.

De modo que, para o ferreiro, não ficou nada, exceto a coroa de louros e saber que quem realmente salvara a cidade tinha sido ele. Mas depois disso as coisas melhoraram um pouco para o ferreiro. Para começar, o bebê já não chorava mais tanto quanto antes. Aí, a senhora rica que tinha o bode ficou tão comovida com a nobre ação de John que encomendou um jogo completo de ferraduras pagando muito bem em grato reconhecimento ao espírito público da conduta do ferreiro. Então turistas passaram a vir em excursões de muito longe e pagavam para descer a escada em caracol e espiar pela grade de ferro o dragão enferrujado no calabouço — e para cada grupo o ingresso era mais alto se quisessem vê-lo sob a luz de um fogo de artifício, o qual, sendo de duração extremamente curta, dava muito lucro. E a mulher do ferreiro começou a servir chá completo cobrando também, com tudo isso as coisas foram melhorando a cada semana.

O bebê — batizado de John, como seu pai, e apelidado de Johnnie — foi crescendo. Ele ficou muito amigo de Tina, a filha do funileiro que morava quase ali na frente. Ela era uma menina adorável de olhos azuis e rabo de cavalo louro, e estava enjoada de ouvir a história de como Johnnie, quando bebê, ficara aos cuidados de um dragão de verdade.

As duas crianças costumavam ir juntas espiar pela grade de ferro o dragão e às vezes o ouviam gemer, bem triste. E eles acendiam um fogo de artifício para olhá-lo. E eles foram ficando maiores e mais sabidos.

Até que um dia o prefeito e as demais autoridades municipais, que tinham ido caçar lebres com seus mantos dourados, voltaram correndo e gritando para a cidade, com a notícia de que um gigante manco, corcunda e tão grande quanto uma igreja estava vindo pelos pântanos para a cidade.

— Estamos perdidos — disse o prefeito. — Darei mil libras para quem quer que consiga manter o gigante longe da cidade. Sei o que ele come, pelos seus dentes.

Ninguém parecia saber o que fazer. Mas Johnnie e Tina estavam ouvindo, eles se entreolharam e saíram correndo o mais rápido que podiam.

Passaram rápido pela forja, desceram às pressas os degraus até o calabouço e bateram na porta de ferro.

— Quem é? — perguntou o dragão.

— Somos só nós — responderam as crianças.

E o dragão estava tão cheio de ter passado dez anos sozinho que disse:

— Entrem, meus queridos.

— Você não vai machucar a gente, ou cuspir fogo na gente, ou algo assim? — Tina perguntou. E o dragão respondeu:

— Por nada neste mundo.

Então eles entraram e falaram com ele, e lhe disseram como o tempo estava lá fora, e o que havia nos jornais, e por fim Johnnie contou:

— Tem um gigante manco na cidade. Ele veio atrás de você.

— É mesmo? — perguntou o dragão, mostrando os dentes. — Ah, se ao menos eu não estivesse preso!

— Se nós o soltarmos você poderia fugir antes que ele conseguisse pegá-lo.

— É, eu poderia fugir — respondeu o dragão. — Mas talvez não fugisse.

— O quê, você não lutaria contra ele? — quis saber Tina.

— Não — disse o dragão. — Sou da paz, sou, sim. Vocês me soltem, que vocês verão.

Então as crianças tiraram as correntes e a coleira do dragão, ele derrubou uma das paredes do calabouço e saiu; só deu uma parada na porta da forja para o ferreiro rebitar sua asa.

Ele encontrou o gigante manco no portão da cidade e o gigante martelou o dragão com sua clava como se estivesse martelando ferro fundido, e o dragão se comportou como tal, todo fogo e fumaça. Era um espetáculo aterrador, e as pessoas ficaram olhando de longe, caindo sentadas com o choque de cada golpe, mas sempre se levantando para ver o resto.

Por fim o dragão venceu e o gigante escapuliu pelos pântanos. O dragão, que ficara muito cansado, foi para casa dormir, anunciando sua intenção de comer a cidade inteira na manhã seguinte. Ele voltou para o seu velho calabouço, porque era um forasteiro na cidade, e não sabia de nenhuma outra acomodação respeitável. Então Tina e Johnnie foram falar com o prefeito e as demais autoridades municipais e disseram:

— O caso do gigante está encerrado. Por favor, deem-nos a recompensa de mil libras.

Mas o prefeito discordou:

— Não, não, meu menino. Não foram vocês que encerraram o caso do gigante, foi o dragão. Suponho que vocês o acorrentaram de novo. Quando ele vier buscar a recompensa, ele a terá.

— Ele ainda não está acorrentado — Johnnie disse. — Devo mandá-lo buscar a recompensa?

Mas o prefeito disse que ele não precisava se incomodar; então ofereceu mil libras a quem quer que acorrentasse de novo o dragão.

— Eu não confio no senhor — declarou Johnnie. — Sei como o senhor tratou meu pai quando ele acorrentou o dragão.

Só que as pessoas que estavam escutando atrás da porta interromperam e disseram que, se Johnnie conseguisse prender de novo o dragão, eles deporiam o prefeito e deixariam Johnnie ser prefeito no lugar dele. Pois andavam insatisfeitos com o prefeito já fazia algum tempo e uma mudança não seria nada mau. Então Johnnie disse:

— Feito — e saiu de mãos dadas com Tina. Eles chamaram todos os amiguinhos deles e disseram:

— Vocês nos ajudam a salvar a cidade?

E todas as crianças falaram:

— Sim, claro que ajudamos. Vai ser divertido!

— Bom, então — pediu Tina —, vocês tem de trazer tigelas de pão com leite para a forja amanhã na hora do café da manhã.

— E se eu virar prefeito — disse Johnnie —, darei um banquete e convidarei todos vocês. E do começo ao fim só serão servidos doces.

Todas as crianças prometeram e na manhã seguinte Tina e Johnnie fizeram uma enorme banheira rolar escada abaixo para o calabouço.

— Que barulho é esse? — perguntou o dragão.

— É só a respiração de um gigante enorme — respondeu Tina. — Ele já foi embora.

Então, quando todas as crianças da cidade trouxeram as tigelas de pão com leite, Tina derramou-as na banheira. Quando ela estava cheia, Tina bateu na porta com a grade de ferro e disse:

— Podemos entrar?

— Oh, sim — respondeu o dragão. — Está muito chato aqui.

Eles entraram e, com a ajuda de nove outras crianças carregaram a banheira e a puseram perto do dragão. Então todas as outras crianças foram embora e Tina e Johnnie se sentaram e começaram a chorar.

— O que é isso? — perguntou o dragão. — E qual é o problema?

— Isso é pão com leite — contou Johnnie. — É nosso café da manhã, todo ele.

— Bom — disse o dragão —, não vejo por que vocês precisam de café da manhã. Eu vou comer todo mundo na cidade assim que acabar de descansar.

— Caro senhor dragão — começou Tina —, eu gostaria que você não nos comesse. Você gostaria de ser comido?

— De modo algum — o dragão confessou —, mas ninguém vai me comer.

— Não sei, não — duvidou Johnnie. — Tem esse gigante...

— Eu sei. Eu briguei com ele e dei uma surra nele.

— É, mas apareceu outro. Aquele com que você brigou era só o filhinho dele. Esse é o dobro daquele.

— É sete vezes o tamanho daquele — revelou Tina.

— Não, nove vezes — corrigiu Johnnie. — Ele é maior que o campanário da igreja.

— Ora essa — assustou-se o dragão. — Por essa eu não esperava.

— E o prefeito contou a ele onde poderia encontrar você — Tina continuou — e ele estará vindo para comê-lo assim que terminar de afiar seu facão. O prefeito disse a ele que você era um dragão selvagem, mas ele não se importou. Disse que só comia dragões selvagens e com molho de pão.

— Isso é muito chato — disse o dragão. — E suponho que essa meleca gosmenta na banheira seja o molho de pão?

As crianças disseram que era, e acrescentaram:

— Claro, molho de pão só acompanha dragões selvagens. Dragões domesticados são servidos com molho de maçã e recheio de cebola. Que pena que você não é um; aí o gigante não ia nem querer saber de você — eles contaram. — Adeus, pobre dragão, nunca mais o veremos, e agora você vai ficar sabendo como é ser comido.

E começaram a chorar de novo.

— Sei, mas... escutem aqui — o dragão propôs. — Vocês não podiam fingir que eu sou um dragão domesticado? Digam ao gigante que eu sou só um pobre dragãozinho tímido que vocês tem como animal de estimação.

— Ele nunca vai acreditar — contou Johnnie. — Se você fosse nosso dragão domesticado, nós o manteríamos preso, sabe. Não iríamos nos arriscar a perder um animalzinho de estimação tão querido e bonitinho.

Então o dragão implorou a eles que o prendessem no mesmo instante e eles o fizeram; com as correntes e a coleira feitas anos antes, nos tempos em que os homens cantavam ao trabalhar, e resistentes o bastante para aguentar qualquer coisa.

E as crianças foram contar para o povo o que tinham feito, e Johnnie foi feito prefeito, e deu um glorioso banquete exatamente como prometera: com nada a não ser doces. Começou com balas de geleia e sonhos e prosseguiu com laranjas, marias-moles, cocadas, folhados de geleia, tortas de framboesa, sorvetes e suspiros, e terminou com bombas de chocolate, pão de mel e balinhas.

Tudo isso estava muito bom para Johnnie e Tina, mas, se você é uma criança de bom coração, talvez tenha ficado com pena do pobre dragão, enganado e tapeado, e acorrentado num calabouço sem graça, sem nada para fazer a não ser ficar pensando o tempo todo nas falsidades chocantes que Johnnie lhe dissera.

Quando ele se deu conta de como tinha sido tapeado, o pobre dragão prisioneiro começou a chorar, e suas enormes lágrimas caíram sobre suas placas enferrujadas. Ele começou a se sentir fraco, como às vezes acontece com as pessoas que ficaram chorando, especialmente se não tiverem comido nada durante dez anos.

Então a pobre criatura enxugou os olhos e olhou em volta e viu ali a banheira cheia de pão com leite. Aí, pensou: "Se gigantes gostam dessa coisa mole e branca, talvez eu goste também" e experimentou um pouco e gostou tanto que comeu tudo.

Quando veio a próxima leva de turistas e Johnnie acendeu o fogo de artifício, o dragão disse timidamente:

— Desculpe incomodá-lo, mas você poderia me trazer mais pão com leite?

Então Johnnie providenciou gente para percorrer todo dia a cidade para recolher o pão com leite das crianças para o dragão. As crianças eram alimentadas às custas da cidade — e com o que quisessem; de modo que elas só comiam tortas e bolinhos e doces, e disseram que o pobre dragão podia se servir à vontade de todo o pão com leite deles.

Quando Johnnie já tinha sido prefeito durante dez anos, ele se casou com Tina, e na manhã de seu casamento eles foram visitar o dragão. Ele tinha se tornado bastante manso, e suas placas enferrujadas tinham caído em vários lugares, e debaixo era macio e peludo de afagar. Então eles o afagaram e ele disse:

— Não sei como eu alguma vez pude gostar de comer qualquer outra coisa que não fosse pão com leite. Agora sou um dragão domesticado, não sou?

E quando eles disseram que sim, o dragão falou:

— E já que fiquei domesticado, vocês podiam me soltar, não?

Algumas pessoas receariam confiar nele, mas Johnnie e Tina estavam tão contentes no dia de seu casamento que jamais acreditariam que alguém fosse capaz de fazer algo ruim. Então eles soltaram as correntes e o dragão disse:

— Com licença um momento, há duas ou três coisinhas que eu gostaria de ir buscar — e ele foi até aqueles degraus misteriosos e desceu por eles, desparecendo dentro da escuridão. Quando ele se movia, mais e mais das suas placas enferrujadas caíam.

Poucos minutos depois eles ouviram o barulho dele subindo os degraus. Tinha trazido alguma coisa na boca — era um saco de ouro.

— Para mim não serve para nada — ele disse. — Talvez vocês achem útil.

E eles lhe agradeceram muito gentilmente.

— Tem mais de onde esse veio — disse ele, e trouxe mais, e mais, e mais, até eles falarem para ele parar. Eles agora eram ricos, e seus pais e suas mães também. De fato, todo mundo ficou rico, nunca mais houve gente pobre na cidade. E todos ficaram ricos sem trabalhar, o que não é nada certo, mas o dragão nunca tinha ido à escola, como você, de modo que ele não podia saber.

Quando o dragão saiu do calabouço, seguindo Johnnie e Tina para o azul e dourado brilhante que estava o dia do casamento deles, ele piscou os olhos como um gato faz sob a luz do sol, e se sacudiu, e o resto das suas placas caiu, e as asas com elas, e ele ficou sendo só um gato de um tamanho muito, muito enorme. E daquele dia em diante, ele foi ficando mais e mais peludo, e ele foi o começo de todos os gatos que existem. Nada do que era dragão nele ficou, a não ser as garras, que todos os gatos ainda têm, como você pode facilmente verificar.

Espero que você tenha percebido quanto é importante alimentar seu gato com pão com leite. Se ele ficar sem nada para comer a não ser ratos e passarinhos, ele bem pode se tornar maior e mais feroz, e mais escamoso e mais caudoso, e arranjar asas e virar o começo de todos os dragões. E daí vai haver todo aquele aborrecimento de novo.

Apêndice

Sobre as histórias e os autores

"TIO JAMES, OU O DRAGÃO PÚRPURA"; "OS DOMESTICADORES DE DRAGÃO"

Edith Nesbit (1858-1924) — *The Book of Dragons* (1900)

Edith Nesbit passou os primeiros nove anos de sua vida no Colégio Agrícola de Kennington (então um subúrbio rural de Londres), do qual seu pai era diretor, cargo assumido por sua mãe depois da morte dele, quando Edith tinha três anos. Em 1867, sua mãe decidiu ir para a França, em busca de um clima mais apropriado para a saúde de sua filha mais velha, Mary. Seguiu-se um período nômade, que incluiu escolas internas que Edith detestou (de uma delas teria tentado fugir), mas também uma casa enorme e deliciosa na Bretanha. Foi para morar em uma casa parecida no campo que a família voltou para a Inglaterra, quando ela tinha treze anos. As explorações e aventuras dela e de seus irmãos nos arredores de ambas inspirariam mais tarde as das crianças de seus livros. Três anos depois, quando sua mãe não tinha mais condições de manter a casa, mudaram-se para Londres. Edith publicou um poema e logo começou a produção contínua de ficção popular para revistas, o que garantiria também por muito tempo o sustento de sua família após seu casamento em 1880. Seu marido, Hubert Bland, depois de uma malsucedida tentativa de ter um negócio próprio, devotaria todas as suas energias à Fabian Society, sociedade socialista que fundaram e de que fizeram parte George Bernard Shaw e H.G. Wells, entre outros. A casa de Nesbit tornou-se um animado ponto de encontro de intelectuais. Edith ignorava as convenções comportamentais de sua época: fumava, recusava-se a seguir a desconfortável moda feminina e usava o cabelo sempre curto. Produziu todo tipo de ficção para garantir a sobrevivência, mas foi só em 1898 que experimentou escrever para crianças. Com *The Story of the Treasure Seekers* (História dos caçadores de tesouro), as aventuras de cinco irmãos tentando restaurar a fortuna da família Bastable, convincentemente narrada por um deles, Nesbit iniciaria sua obra verdadeiramente original, que a faria famosa e a tornaria uma das mais importantes e influentes autoras inglesas de literatura para crianças. Uma série de histórias de dragões — entre elas as presentes neste livro — seriam reunidas em *O livro dos dragões*, publicado em 1900; no ano seguinte sairia *The Wouldbegoods*, continuação das aventuras da família Bastable; e em 1902 *Five Children and it* (Cinco crianças e aquilo), o livro que consolidaria esse gênero tão reproduzido na literatura infantil, em que o cotidiano contemporâneo das crianças se combina com elementos fantásticos (no caso, cinco irmãos de férias numa casa de campo, e Psammead, um duende da areia que realiza desejos). Com ele, *The Phoenix and the Carpet* (A fênix e o tapete, 1904) e *The Story of the Amulet* (A história do amuleto, 1905), um dos primeiros livros infantis a incluírem viagens no tempo, formariam uma trilogia; e além de um terceiro com os Bastable, Nesbit escreveu mais sete livros, e publicou também algumas coletâneas de histórias curtas.

"OS QUATRO IRMÃOS HABILIDOSOS"; "O DRAGÃO E SUA AVÓ"

Jacob (1785-1863) e Wilhelm Grimm (1786-1859) — *Kinder- und Hausmärchen* (1812, 1815)

Jacob e Wilhelm Grimm nasceram em Hanau, perto de Frankfurt; apesar das dificuldades enfrentadas pela família com a súbita morte do pai quando Jacob, o mais velho de seis filhos, tinha apenas onze anos, os dois estudiosos irmãos conseguiram entrar no prestigioso Lyzeum (colégio) de Kassel, e ambos se formaram como os primeiros de sua classe, Jacob em 1802 e Wilhelm em 1803, e foram estudar direito na Universidade de Marburg. O interesse inicial pelo estudo da história do direito por meio das antigas tradições e costumes que embasam as leis levou-os a pesquisar o folclore e a literatura germânica antiga; foi então que começaram a coletar contos tradicionais populares, estimulados também pelo amigo Clemens Brentano, o poeta que publicara *Das Knaben Wunderhorn*, coletânea de mais de 700 canções e rimas folclóricas alemãs. Entre empregos no serviço público (Jacob) e de bibliotecário (Jacob e Wilhelm), os dois continuaram suas pesquisas e começaram a publicar os resultados delas. Entre 1829 e 1837 ambos se tornaram professores na Universidade de Göttingen, mas tiveram de renunciar a seus cargos por terem se recusado a aceitar a revogação da Constituição pelo rei que queria restaurar o absolutismo no reino de Hannover, onde ficava a universidade. Começam então seu monumental dicionário da língua alemã, projeto que os ocuparia pelo resto da vida, e só seria completado cem anos depois. Quando Wilhelm morreu, em 1859, estava na letra D, e chegara à letra F quando Jacob morreu, quatro anos depois. Apesar da diferença de temperamento, Jacob mais introvertido e quieto, Wilhelm mais gregário, apesar de uma saúde precária, os dois irmãos sempre foram inseparáveis:

compartilhavam o mesmo quarto quando crianças e estudantes, e quando adultos continuaram a morar na mesma casa; quando a irmã que cuidava dos afazeres domésticos se casou, Wilhem também se casou e teve três filhos, mas Jacob continuou a morar com eles. Jacob acabou se concentrando mais nos estudos gramáticos e filológicos, e Wilhelm nos contos folclóricos, mas nunca deixaram de trabalhar juntos. Com contribuições para a história, folclore, etnologia, lexicografia e crítica literária, Jacob publicou 24 livros, Wilhelm, 14; e juntos, 8, o mais famoso deles sendo *Kinder- und Hausmärchen* (Contos para crianças e para o lar). A primeira edição foi em dois volumes, o primeiro de 1812, e o segundo de 1815; seriam mais seis edições revistas e aumentadas até a de 1857, que trazia 210 histórias, indo das mais longas e conhecidas (como Branca de Neve, Rapunzel, João e Maria etc.) a fábulas singulares e algumas que são pouco mais que anedotas, passando por histórias religiosas. Foram coletadas em parte de fontes populares, mas em sua maioria de amigos e familiares dos Grimm (e a família tendo origem francesa, algumas das histórias são apenas versões alemãs de contos franceses, mas é interessante notar que algo similar ocorreria com aqueles que, seguindo o exemplo do livro já famoso dos Grimm, puseram-se a coletar contos na Hungria e na Rússia e encontraram versões locais das próprias histórias deles, popularizadas por edições baratas). Das duas incluídas aqui, "O Dragão e sua avó" foi contada por Dorothea Wiehmann, esposa de um alfaiate e vendedora de ovos em Kassel, e "Os quatro irmãos habilidosos" provém de uma família aristocrática da Westphalia, os Von Haxthausen. Cabe notar que, em vez de publicar simples transcrições dos relatos orais, os Grimm foram cada vez mais editando o texto das histórias, em parte com a preocupação de suavizar a crueldade e outros elementos perturbadores e adequá-las à moralidade cristã, mas sobretudo com o objetivo de alcançar um estilo mais homogêneo e torná-las uma leitura acessível e agradável, suprindo conexões e descrições, acentuando a atmosfera e inserindo diálogos. O enorme sucesso que seus contos atingiram prova a eficácia deste trabalho de adequação.

"A RÃ BENFAZEJA"

Marie-Catherine Le Jumel de Barneville de La Motte, Barone [ou Comtesse] d'Aulnoy (1650/51-1705) — *Les Contes des Fées* (1697- 98)

Marie-Catherine Le Jumel de Barneville nasceu na Normandia e se casou aos quinze ou dezesseis anos com François de la Motte, barão d'Aulnoy, mais de trinta anos mais velho que ela; o casamento arranjado por sua mãe não deu muito certo e esta conspirou com seu amante e outros cúmplices para acusar o barão de crime de lesa-majestade. O barão foi preso em 1699, mas logo provou sua inocência e quem acabou sendo executado foram o amante e seus cúmplices. Sua mãe fugiu da França e Marie-Catherine acabou sendo presa, com a filha recém-nascida. Dos anos que se seguem a sua libertação, em 1670, só o que se sabe é que ela teve mais duas filhas e que teria viajado pela Espanha. Em 1690 estava de volta a Paris e às graças da corte; iniciou prolífica carreira literária com a publicação de *Histoire d'Hypolite, comte de Duglas*, que incluía o primeiro conto de fada publicado em francês; seus talentos de contadora de histórias a tornaram uma figura das mais requisitadas nos salões parisienses, quando a moda então era entreter-se ouvindo contos. Em 1691 publicou um relato de suas viagens pela Espanha e em seguida mais uma série de livros, mas o que a fez quase tão famosa quanto Charles Perrault foram suas duas coletâneas de contos de fada, *Les Contes de Fées* (Contos de fadas), de 1697, e *Contes nouveaux ou les fées à la mode* (Novos contos ou as fadas na moda), de 1698 — tanto que foi o título de seu livro que acabou estabelecendo o nome do gênero em francês e outras línguas. Dos 25 contos de fadas que Marie-Catherine escreveu — os mais famosos sendo O pássaro azul, A gata branca e O Anão Amarelo — 19 têm como ponto de partida histórias típicas do folclore, mas todos incorporam motivos e situações da literatura da época, bem como descrições ricas em detalhes e comentários dos hábitos e costumes da corte. Tendo em geral como fio condutor uma história de amor, e não raro papéis mais ativos para as heroínas que para os heróis, o charme de seus contos, longos e repletos de incidentes, resulta da combinação de elementos tanto da tradição folclórica quanto da literária, mais a atmosfera feérica dos balés e óperas barrocas da corte de Luís XIV.

"JÖRMUNGANDR, A SERPENTE DE MIDGARD"

Snorri Sturluson (1179-1241) — *Edda em prosa* (ca. 1222-23)

"Famoso como historiador, como arqueólogo, como construtor de umas termas, como genealogista, como presidente de uma assembleia, como poeta, como duplo traidor, como decapitado e como fantasma" — assim Borges resume Snorri Sturluson. As termas a que Borges se refere seriam as da casa magnífica que construiu para si mesmo; e presidente da corte suprema da Islândia ele foi duas vezes (1215-18 e 1222-32), mas parece não ter sido o suficiente para sua determinação de tornar-se o homem mais poderoso da Islândia; mesmo que às custas de entregar a soberania de seu país ao rei da Noruega; ou, alternativamente, de falhar em fazê-lo. É a dupla traição mencionada por Borges e da qual segue a decapitação de Sturluson, por um assassino a mando do rei da Noruega. Insensível e avaro com sua família, oportunista na política, e assim por diante; todos que falam sobre Sturluson se veem obrigados a contrastar seu caráter vil e mesquinho com a qualidade, inteligência e erudição de suas obras. Melhor tratar delas, e a mais importante é a *Edda em prosa*. Há controvérsias sobre o significado da palavra *edda*; uma derivação de *Oddi*, o nome da fazenda em que Sturluson cresceu; ou a palavra islandesa para bisavó, já que se trata (em parte) de uma compilação de histórias muito antigas; ou uma derivação da palavra islandesa para poesia, com o significado de poética. Seja como for, a *Edda* de Sturluson é um tratado de poética, dividido em um prólogo (uma peculiar genealogia que começa com Adão, passa pelos heróis da Grécia e termina fazendo descendentes deles os deuses nórdicos) e três partes; duas delas sobre a técnica da poesia (uma sobre as *kenning*, metáforas codificadas que são a base da poesia islandesa, e outra sobre os tipos de verso), e a outra sobre o material, ou os assuntos, da poesia. Nela, sob a forma de um diálogo, são contadas todas as histórias da mitologia escandinava; dessa parte é o trecho incluído aqui, adaptado da tradução para o inglês de Arthur Gilchrist Brodeur, de 1916.

"O PRÍNCIPE E O DRAGÃO" (DE RUMANISCHEN MÄRCHEN)

Andrew Lang (1844-1912) — *The Crimson Fairy Book* (O livro carmim dos contos de fada) (1903)

O escritor, crítico, antropólogo e folclorista Andrew Lang nasceu na Escócia. Quando criança, além de ouvir avidamente todas as histórias e lendas da região, "lia tudo quanto era conto de fada que encontrava; conhecia bem todas as fadas de *Sonho de uma noite de verão* e todos os fantasmas de Walter Scott, e detestava máquinas de qualquer espécie". Odiou ter de aprender grego na escola, até descobrir Homero, que seria uma de suas paixões pelo resto da vida: traduções da *Odisseia* e da *Ilíada* estão entre seus primeiros trabalhos publicados, e em 1890 colaboraria com H. Rider Haggard (o autor das *Minas do Rei Salomão*) num romance sobre as últimas aventuras de Odisseu em busca de Helena depois da morte de Penélope e Telêmaco. Em vez de uma carreira acadêmica em Oxford, optou por escrever para jornais e revistas em Londres, tornando-se um influente crítico literário. O interesse que sempre teve por lendas e contos do folclore o direcionou para a antropologia, em que foi um dos pioneiros nos estudos de mitologia comparada, publicando duas obras importantes sobre o assunto, *Custom and Myth* (1884) e *Myth, Ritual and Religion* (1887). E resultou também na série de livros pela qual ficou mais conhecido, as doze coletâneas de contos de fada que iniciaria em 1889 com *The Blue Fairy Book*. Com 37 histórias, o livro incluía os contos mais famosos de Perrault, Aulnoy, dos irmãos Grimm e das *Mil e uma noites*, mas também outros menos conhecidos do folclore inglês, escocês e escandinavo. Não havia originalmente a intenção de fazer uma série, mas o sucesso foi tão grande que em 1890 aparecia *The Red Fairy Book*, com mais histórias das mesmas fontes e também do folclore russo, e em 1892 *The Green Fairy Book*. Seriam mais nove, terminando em 1910 com *The Lilac Fairy Book*, e além dos autores conhecidos e do folclore europeu, acabariam incluindo histórias tradicionais de todos os continentes. Lang atuava principalmente como editor dos livros, selecionando as histórias e encomendando as traduções ou adaptações para outros, sobretudo de sua mulher, Leonore, que fez a maioria delas. Lang escreveu e publicou também alguns contos de fadas próprios e editou mais treze coletâneas de histórias: de aventura, de animais, de heróis, de fantasmas e de mistério, a partir da história propriamente dita, da mitologia grega e das *Mil e uma noites*; a última delas foi *The Strange Story Book*, que sairia um ano após sua morte.

"O DRAGÃO"

Giambattista Basile (1575-1632) — *Lo cunto deli cunti ovvero le trattenimiento de peccerille, ou Il Pentamerone* (1634-36)

O poeta napolitano Giambattista Basile ficou conhecido por sua obra poética em italiano, num estilo barroco similar ao de Giambattista Marino. Hoje é mais lembrado pelo que escreveu em dialeto napolitano, especialmente por *Lo cunto deli cunti ovvero le trattenimiento de peccerille* (O conto dos contos ou o entretenimento dos pequeninos), que foi a primeira coletânea exclusivamente de contos de fada a ser publicada na Europa, contendo as primeiras versões literárias de histórias como Cinderela, O Gato de Botas, Rapunzel, A Bela e a Fera e Branca de Neve (mas num viés mais extravagante, cômico ou cruel que as mais conhecidas). São cinquenta histórias, uma delas servindo de moldura para as outras quarenta e nove. A princesa Zoza, quando está quase conseguindo encher de lágrimas o jarro que faria acordar o príncipe encantado destinado a casar com ela, adormece, e uma escrava toma seu lugar e se casa com o príncipe. Zoza vale-se então de uma mágica para instilar na escrava um desejo ardente de ouvir histórias, e o príncipe convoca dez velhas contadoras de histórias, cada uma delas conta uma por noite, durante cinco noites; a última história é a de Zoza, narrada por ela mesma, que assim expõe a trapaça da escrava e fica com o príncipe. Basile não se limitou a transcrever os relatos orais, mas reescreveu-os num estilo singular, que combina expressões populares com metáforas extravagantes, num registro frequentemente cômico e irônico com os costumes das cortes da época e com as convenções da literatura. Foi elogiado por Wilhelm Grimm, como sendo "por muito tempo a melhor e mais rica coleção de contos que se podia encontrar em qualquer nação". Para este livro, usou-se a tradução inglesa de John Edward Taylor, de 1847.

Adverte-se aos curiosos que se imprimiu esta obra em nossas oficinas em 11 de setembro de 2013, sobre papel Norbrite Book Cream 66 g/m^2, composta em tipologia Charter BT, em GNU/Linux (Gentoo, Sabayon e Ubuntu), com os softwares livres LaTeX, DeTeX, VIM, Evince, Pdftk, Aspell, SVN e TRAC.